記憶喪失の君と、
君だけを忘れてしまった僕。

2

～夢を編む世界～

小鳥居ほたる

STARTS
スターツ出版株式会社

思い返せば、良いことなんて何もなかった人生だったように思う。

せっかく手に入れた幸福も、ひとたび油断をすればあっけなくこぼれ落ちていくからだ。

どうしてこんなにも、苦しみながら生きていかなければいけないのだろう。

私がほしいものは、たった一握りの幸福だけでいいのに。

もし時間をすべて巻き戻せるなら、次はもっとうまくやれるはずだ。

そんなことを願っても、都合よく世界は回らない。

それでも、これはたとえばの話だけれど。

もし、あの瞬間に戻ることができたなら、

——次こそは、君の手だけは離したりしないだろう。

目次

記憶喪失の君と、君だけを忘れてしまった僕。2

～夢を編む世界～

プロローグ

何の前触れもなく、飛行機の機内で何かの破裂音が響いた。

乗客に動揺が走り、すぐに客室乗務員が「原因究明までしばらくお待ちください」とアナウンスする。

機内には白い煙が立ち込めてきて、それとほぼ同時に酸素マスクが落ちてきた。乗客はみな不安の声を上げて、客室乗務員たちはそれを必死になだめ続ける。

やがて飛行機は激しく揺れ始めた。まるで、レールのないジェットコースターを走るように。飛行機は、加速度的に地上へと落下していく。

もう上か下かもわからず、様々なものが宙に浮いている。

そしてわずか数十秒後、飛行機は海面へと墜落した。


大空に広げられた巨大な両翼は、青い海の真ん中に沈んでしまった。

海面には砕けた破片が散らばっており、わずかにのぞかせる飛行機の機体からは黒煙が立ち上っている。その光景は、まるで地獄のようだった。

声の高い女性のアナウンサーは、必死に現場の様子を中継していた──。

『乗員乗客合わせて五百二十六名を乗せた航空機は──』

乗員乗客五百二十六名を乗せた航空機が、海面に墜落した。

現時点で死傷者の数は不明。
後に、これは歴史に残る大事故となった。

「あの、奈雪さん」

お昼時。社内にある広めの休憩室でコーヒーを飲みながら本を読んでいると、小柄な女の子が私のもとに訪ねてきた。彼女は自分の体より、少し大きめのスーツに身を包んでおり、新入社員特有の初々しさがにじみ出ている。

「休憩時間中にすみません」

礼儀の正しい、四月から新卒で入社したての彼女は、丁寧に深々と頭を下げてくる。綺麗にまとめられたハーフアップの髪が、目の前ではらりと揺れた。

「あれ、おかしいな。うちの出版社は確か、大卒からじゃないと入社できないはずなんだけど。インターンの学生なんて、受け入れていたかな」

「今年の三月に、大学は卒業しています。からかわないでください」

ムッとした表情を浮かべながら、少しズレている小鼻の上に乗った赤い縁メガネを正しい位置へと戻す彼女。それからレンズの奥にある大きな瞳を、これ見よがしに細めてみせてきた。

「モラハラで社長に訴えます」

「やめてくれ。このご時世、冗談じゃ済まなくなるかもしれない。ほら、チョコレートあげるから」

おやつに持ってきていたハイミルクのチョコレートを、スーツのポケットから取り出し後輩へと手渡す。それを素直に受け取ると、からかわれて若干不機嫌になった表情を少しだけ緩めた。封を切って、ひょいと口の中へと放り込む。

「私はお菓子なんかで買収されません」

「食べてるじゃないか。それは口止め料だからね。告げ口は厳禁だ」

念を押しはしたが、彼女が本当にハラスメントを申告するような人ではないと、もちろん理解している。入社したての時に彼女のＯＪＴを担当したから、それなりに話をするし冗談を言い合えるような仲なのだ。

「というか奈雪さん、見た目のわりに子どもなんですね。このチョコレート、ミルクたっぷり入ってますよ。そのコーヒーだって、もうコーヒー牛乳みたいなものだし」

そう言って指差したカップの中の飲み物は、確かにブラックだったはずのコーヒーの原型を留めていなかった。

「苦いのは現実だけで十分なのさ。私はもうずいぶんと大人だから、君より酸いも甘いも経験しつくしたんだよ」

「そんなに劇的な人生を送ってきたんですか？」

「もちろんさ」

「またお得意の冗談ですね」

「実は恋人を亡くしているんだ。交通事故がきっかけでね」

そんな衝撃のカミングアウトをしてから、ミルクと砂糖がたっぷり入って色が明るくなったコーヒーを口に含む。数分前に入れてから、いつの間にか冷めきっていたようだ。舌先にツンとした苦みがほのかに残り、思わず顔をしかめる。

「あの、ごめんなさい。私、本当に知らなくて……嫌なこと思い出させてしまいましたよね」

失言をしてしまったことを後悔したのか、ばつの悪そうな表情を浮かべる後輩。

「いいんだよ、冗談だから。本気にするなんて、君は素直だね」

「やっぱり社長に言いつけます」

「ところで、わざわざこんなところまで訪ねてきてどうしたんだい？」

強引に話を変えると、むっとした表情を浮かべてため息を吐いた。どうやら私に会いに来た理由が、今の彼女にとってはとても大切なことだったようだ。席を外したりせず、あらためて姿勢を正して、こちらに向き直る。

「小説、また書いてくれませんか」

「君、私たちは出版社の編集部に勤めているんだよ。作家から原稿を受け取って、無事に出版させるのが仕事なんだ」

「それは分かっています。けれど今は、奈雪さんじゃなくて名瀬雪菜さんに話をしているんです」

　私はこれ見よがしに、大きなため息を吐いた。

「だから、それは違うと言っているだろう」

「誤魔化さないでください」

　どうやら彼女の中では、すでに桜庭（さくらば）奈雪と名瀬雪菜は同一人物であると確定してしまっているらしい。後輩はカバンの中から一冊の本を取り出すと、それを机の上に置いてみせた。そのとても懐かしい表紙に、思わず視線が吸い寄せられてしまう。数年前に出版された、名瀬雪菜のデビュー作である『私の愛した世界』という小説は、もはや私にとっては呪いのようなものだった。この小説があったから、嬉しいことと同じくらい辛いことや悲しいことがたくさんあった。消してしまいたくても、消すことのできない人生における最大の汚点とも言える。

　辛い過去を思い出して、無理やり吸い寄せられる視線を明後日の方向へと投げた。もう振り返ることはしないと、蓋をするように。

「ほら、やっぱり先生じゃないですか」

　それから順番に、二作目と三作目も机の上に置かれていった。もはや言い逃れなんてできないと諦め、大きなため息をもう一度吐く。ようやく認めたことに安堵（あんど）したのか、後輩は追及するために鋭くとがらせていた視線を元に戻した。

「はぁ。そもそも君は、なぜ私が名瀬雪菜だと知っているんだ」

「なぜって、気づかない人の方が鈍感ですよ」

彼女は白い綺麗な人差し指で、一作目のタイトルの隣に書かれている『名瀬雪菜』というペンネームを叩く。「あぁ」という、ため息のようにか細いうめき声を出し、ネットリテラシーの低かった当時の自分を恥じた。

「先輩の旧姓、七瀬(ななせ)っていうのは最近知りました。七瀬奈雪と、名瀬雪菜。名瀬先生はこの県に住んでいるって、わかっていました。プロフィールに書いてあったので。それに名瀬先生がサイン会を開催していたことも知っています。これだけの情報で気づかない人は、正直馬鹿です」

そんな馬鹿が、数年前に存在したのだ。小説家を目指して人一倍努力をしていたのに、結局 志(こころざし)半(なか)ばで叶うことのなかった男が。あれだけ近くにいた男に気づかれなかった事実が、今の私を油断させてしまっていた。

「そもそも、私はもう小説家を辞めているんだ。この数年間、一文字たりとも文章を書き起こしたことなんてないんだよ」

「なんで、書くことを辞めたんですか。応援してくれるファンの人が、いっぱいいたはずなのに。それとも、どうでもよかったんですか」

ずっと昔、心の奥底に刺さって取れなくなった小さなとげが、鈍く痛む。背を向けた人たちのことを思い出すと、いつも罪悪感に囚われる。自分を拠り所にしてくれている人たちがいることを知っていて、それでもなお書かないという選択を決めたあの日のこと。あの日からずっと、私は目を背け続ける人生を送っていた。

「飽きたんだよ、小説。読むことも、書くことも。十万文字なんて、疲れるだけだろう?」

そうしてまた、逃げるように視線を伏せる。ようやくすべて過去のものだと割り切って、前に進めるのかもしれないと思ったのに。消えない過去が、私の背中に張り付いていつまでも離れることはなかった。

「飽きたって……」

怒りとも、あきれとも取れる彼女のつぶやき。いっそのこと、後者であってほしかった。小説家としてデビューできたのは、ただのまぐれだったのだと笑ってくれてもよかった。そうすれば、いくらか心は軽くなったというのに。

けれどそんな思いに反し、彼女の瞳には怒りの色が見て取れた。どうして忘れさせてくれないのだと、心の中でひそかにうめく。そんなことを思っても、彼女が聞き入れてくれるはずもない。

「飽きたなら、どうして出版社なんかに勤めてるんですか。なんでこの仕事を、また選んだんですか」

その質問は答えることができなかった。並べられた三冊の本を視界に映さないように、真っ白な机をただじっと見つめる。そうしていると、今日は諦めたのか小説をカバンの中へと収めた。

「すみません、生意気なこと言って。出直します」

彼女は一度も気圧されることなく、自分の気持ちをただまっすぐに伝えると、休憩室を出て行った。辺りに静寂が立ち込めると、深く背もたれに体を預けて頭上を見上げる。

私の選択は、逃げたと捉えられても仕方のないことだが、適当な気持ちで書かないという道を選んだわけではない。心が壊れてしまいそうなほどに悩んで、実際に精神がすり減りもして、そしてようやく決断したことなのだ。大学を卒業したばかりの女性にとやかく言われただけで、簡単にその意思を曲げられるようなことではない。

けれど、わかっていたはずだった。いつか現実に向き合わなければいけない時が来ることを。先ほどのように、過去に書いた自分の作品を読んでくれた人が、目の前に現れるんじゃないかという予想はできていた。そんな時にかけられる言葉を、精神的に未熟で年齢だけを重ねてしまった私は、ただの一つも用意できていなかった。

「……傷つけてしまったんだ」

誰かが幸せをつかむ裏で、必ず他の誰かが不幸になる。私が小説を書くことを辞めたことで、幸せになった人がいた。それが原因で訪れる不幸は、すべて自分が背負えばいいというのに。身に余るほどの不幸せが、手のひらからあふれだして伝播(でんぱ)していく。

あの日からずっと、その申し訳なさから目を背けながら生きていくのが、人生のすべてだった――。

彼女と話をするのは、一年前の春におこなった花見の時以来のことだった。当時、とある理由から夫と一時的に別居をする選択をした私は、少し離れた地域に引っ越すことになっていた。そんな報告を、大学時代から親しくしている小鳥遊茉莉華(たかなしまりか)という女性に話した時に、最後にみんなで花見をしようという話が持ち上がったのだ。

小鳥遊茉莉華。旧姓、嬉野(うれしの)茉莉華。

私には公介(こうすけ)という息子がいて、同じく茉莉華さんにも、小鳥遊公生(こうせい)という男との間に華怜(かれん)という娘がいる。仲の良かった二人の子どもが寂しがらないようにと企画されたのが、もともとの趣旨(しゅし)だった。そのお花見の日、いつか大人になった時にまた変わらずにここに集まれるようにと、桜の木の下にタイムカプセルを埋めたのだ。カプセルの中には、将来の自分に宛てて書いた手紙を入れた。

その手紙の内容はというと、実はあまり覚えていない。いつか手紙を開いた時に新鮮な気持ちで見られるようにと、なるべく考えないようにこれまで頭の隅に置いてきたからだ。だから今では、恥ずかしいことを書いていなければいいなと祈っている。

　息子が布団に入って眠った頃に、茉莉華さんから久しぶりの電話がかかってきた。電話に出ると『夜分遅くにごめんなさい』と、かしこまった挨拶が聞こえてくる。

「いいよ。息子は今寝たところだから。華怜ちゃんも、今眠ったんだろう？」

『はい。いつも通り全然眠ってくれなくて、今日も手を焼きました』

「茉莉華さんは、一緒に寝なくてもいいのかい？」

『今日は夫に任せたので、しばらくは大丈夫です』

　久しぶりに奈雪さんとお話がしたかったので。そう言われたから、眠っている公介を起こしたりしないように一旦外へ出た。しばらく前までは冬の寒さで凍える日々を過ごしていたのに、いつの間にかTシャツ一枚で過ごせる夜が来たことに季節の変化を感じた。

　今年もまた、春がやってきたのだ。

　彼女と話しをする時は、決まってお互いの家庭の話をした後に小説の話題になる。茉莉華さんは日々の空き時間の大半を小説を読むことに費やしているため、出版社に勤めている私とはそれなりに話が合うのだ。とはいえ、仕事で発売前の小説を読むことはあっても、プライベートの時間を使って読むことは、ほぼなくなってしまったのだが。

『そういえば、今話題の小早川先生。新刊楽しみにしていたんですけど、延期になったみたいですね』

「あぁ、あの先生か。あの先生は、メンタルが少しね」

つい余計なことを話してしまったことを、言葉を発した後に気がついた。基本的にどんな仕事でも、業務で知りえた情報を第三者に話してしまうのはよくないことだ。しかし彼女は誰かに言いふらすような性格はしていないため、多少のことなら構わないかと思いなおす。それでも、気をつけることに変わりはないのだけれど。

「もしかして、小早川先生の作品を担当したことがあるんですか？」

先ほどよりも興奮気味に話しているのが、電話越しにも伝わってきた。

「私は担当したことはないよ。弊社の別の社員が受け持っていたことがあるっていうだけだ」

売れっ子作家の特徴は、編集者界隈で情報共有されやすい。だから、風のうわさ程度にその作家のことは知っていた。

『へぇ、そうなんですか。メンタル、弱いんですね。たくさん売れてるから、気にしなくてもいいのに』

「たくさん売れていると、それだけ多くの人の目に付くからね。好意的な意見だけじゃなくて、批判的な意見も増えていくのは仕方のないことなんだよ。批判されることに慣れていない人は、ネットの意見を真に受けすぎちゃって、結果的に病んでしまうんだ」

そういう人の方が、世の中にはたくさんいるのではないかと思う。人の意見など気にしなくてもいいと話す人もいるけれど、けなされているのを見つけてしまうと、気にせずにはいられなくなる。とりわけその先生は、ナイーブな側面が強かったのだろう。

小説家って、大変なんですね。そんな彼女の言葉に、私は深く頷いた。自分の好きなことをしてお金をもらうという難しさは、結局は当事者にしかわからないものだから。

以前、少しの間だけその道を歩いていた私には、その売れっ子作家の悩みは共感できないものではなかった。自分にも、そういう悩みを抱えていた時期があったから。

そんなことを考えていると、まるで見透かしたかのようなタイミングで彼女が訊ねてくる。

『奈雪さんも、そういうことを悩まれている時期があったんですか?』

直接聞かれることを想定していなかったから、一瞬たじろいで本当のことを話した。

「あぁ。作家なら、誰でも通る道だと私は思うよ」

それから少し迷っているようなわずかな間の後、恐る恐るといったようにまた彼女は訊ねる。

『もしかして、小説を書くのを辞めちゃったのは、そういう事情が関係しているんですか？』

昼間に話していた後輩の時と同じように、言葉を喉の奥に詰まらせる。まさか一日に二度も、過去をほじくり返されることになるとは、さすがに想定していなかった。

そんな不自然な間が空いたことで、私が怒ったのではないかと察したのか、茉莉華は慌てたように自分の言葉を訂正する。

『あの、ごめんなさい。今の、ナシでお願いします。聞かなかったことにしてください』

「いや」

思わず、ため息を吐く。そろそろ目を背けずに、過去と向き合えと言われているような気がして、小さな笑みがこぼれた。

「今日編集部の後輩に、新作を書いてくれとせがまれたところなんだ」

『奈雪さんが小説を書いていたこと、話したんですか？』

「いや、話してないよ」

『それじゃあ、誰かが話したんですかね』

「知っている人は、誰も話してはいないと思う。彼女は自分で真実に気づいて、私のところへやってきたんだ」
きっと、多くの偶然が重なった結果なのだろう。当時自分の小説を読んでくれてい
た少女が、大人になってから偶然同じ職場に勤めることになって、偶然にも真実にた
どり着いてしまった。そんな奇跡のような偶然が起こることを、誰も想像なんてして
いなかった。
奈雪さんは、その人になんて言われたんですか。そう訊ねられ、今度は言葉に臆す
ることなく正直に話した。
「また、小説を書いてほしいって」
『あら』
その思わず漏れたといったような一言には、若干の期待が含まれているようにも思
えた。
『奈雪さんは、なんて答えたんですか？』
「もう小説を書くのは飽きたって、言ってやったよ」
『あら……』
わかりやすく、しぼんでしまう声。いい機会だと思って、ずっと気になっていたこ
とを質問することにした。
「茉莉華さんは、今でも私に小説を書いてほしいと思っているのかい？」

『それは、本音を言わせてもらうとそうですけど』

「別に私が書かずとも、世の中には私なんかよりすごい作家がごまんといるじゃないか。それこそ、私と似た作風の先生だっていくらでもいる。私じゃなきゃダメな理由なんて、君にはあるのか？」

　本音をぶつけると、茉莉華さんは『うーん』と困ったように唸った。作家というのは、大御所じゃなければ、替えなどいくらでもいると思っている。作家を志望している人間だって、きっと星の数ほど存在するし、新たな金の卵が発掘されれば淘汰されていく人がいるのは必然のことだ。

　書けなくなれば、埋もれていく。たとえばその人に好きな作家がいたとして、その作家が書けなくなったとしたら、自分の欲望を満たすために別の作家へと興味を移す。そのようにして、世の中のたいていのことも循環していくのかもしれない。

『たしかに、私の読みたい本が名瀬雪菜の本である必要はないのかもしれません。特に私みたいな人間は、たぶん人より多くの本を読んでますから』

「そうだろう？　私にこだわる理由なんて、ないじゃないか」

『はい。よく考えたら、名瀬雪菜にこだわる必要なんてこれっぽっちもないのかもしれません』

　そんな風にハッキリ言われてしまうと、それはそれで傷付くような気がしたが、包み隠さずに正直に言ってくれた方が幾分か心が楽だった。けれど彼女は、それからまた言葉を続けた。

『でも、それはそれとして、奈雪さんの小説はまた読みたいです』

「君、私の話を聞いていたのか？」

『はい、聞いていました』

それじゃあ、なんで。そう訊ねると、彼女は電話の向こうで微かに微笑んだような気がした。

『大切な人が書いたものだから、また読みたいんです。売れているとか売れていないとか、代わりがいるとかいないとか、そんなくだらない理由は必要ありません。奈雪さんの本だから、読みたいんです』

思わず私は言葉を詰まらせた。彼女の言葉が嬉しかった、そんなありきたりな感情などではなく、単純に困惑してしまったからだ。どうして今も尚、必要とされているのかわからない。たとえば自分が本当に求められているのだとしても、自信を持って受け止めることができない。なぜなら第一作を書いたのは、まだ穢れを知らない高校生の時で、大人が見れば一笑にふすような内容のものだったから。

そんな小説を覚えている人なんて、電話の向こうにいる彼女だけだ。そう考えた時、今日の昼休憩の時間に単身で乗り込んできた後輩がいたことを思い出した。きっとみんな、過去に囚われすぎている。

　今さら書けと言われても、満足に書けるのかもわからないのに。

『私の愛した世界』

　ぽつりと茉莉華がつぶやいたそれは、私が昔書いた小説のタイトルだった。

『あの小説があったから、今の私がいるんです。当時の私は恋愛というものがまだよくわからなくて、物語の中でしかそれを想像することができなかった。馬鹿みたいだって思われるかもしれないけど、運命っていうのは本当にあると疑っていなかったんです。そんな考えを、間違ってなんかいないって教えてくれたのが、奈雪さんの本だったんです』

　確かに一作目は、大人が読めば思わず歯が浮いてしまうような、そんな恥ずかしい話を書いていた。運命という軸をテーマに、大人になり切れていない女の子が幸せを見つける、そんな背中がかゆくなるようなお話。

　また一つ、小さくため息を吐く。

「それは、君が運命的な出会いをしたから、そう思うだけだよ。たとえばもっと違う出会いをしていたとしたら、運命なんてものはないと結論付けて、私の小説なんて忘れていたに違いないさ」

『それは結果論です』

そう彼女は、きっぱりと言い切る。意地悪な言い方をしてしまったと、自分の言葉を反省した。なぜならば、彼女のように心根のまっすぐな人間は、たとえ自分の意にそぐわない出来事があったとしても、それでも前を向いてしっかりと歩いていく人なのだと知っているから。

小鳥遊茉莉華は、桜庭奈雪にとって真反対の存在だと言っても過言ではなかった。

今度は自嘲するように、私は笑う。

「そんなまっすぐな君だからこそ、彼は今とても幸せなんだろうね」

自分の夫のことを言っているのだと分かったのか、微かに顔が赤くなって動揺しているのが電話越しでも伝わってきた。絵に描いたような円満な夫婦で、不満なんて一つもないような彼女たちを見ていると、時折辛くなることがある。

本当に、私たちは対照的だ。そう羨ましげに思っても、これが自分の選んだ道なのだから、後悔することなんてあっていいはずがない。だから少しでも今が幸せになるように、一つ一つを選択して進み続けていくしかないのだろう。

私はその一歩を踏み出すために、軽く息を吸って、吐いた。

「気が変わった」

『えっ？』

書かないという選択を選ぶことで過去と決別し、未来を見ているのだとずっと思っていた。自分の小説は他の誰かを傷つけてしまうことだってあると知って、怯えてしまっていたから。けれどそんな選択こそが、過去に囚われていることそのものだと、今まで気づかないふりをして目を背けていた。

そんな目をそらし続ける人生に終止符を打ち、本当の現実を視る時が来たのだ。

「書いてみるよ、小説。うまく書けるかは、わからないけれど」

記憶喪失の君と、夢を編む世界。

その少女、七海有希が小説というものに向き合ったのは、高校一年の時だった。

当時は夏休みの真っただ中で、彼女に趣味と呼べるようなものはなく、特に何をするでもなく時間を浪費し続けていた。

やりたいことはなく、いつも将来に漠然とした不安を抱えている。このまま何も刺激のない日々が続いていき、いずれ高校を卒業して、なんとなくという気持ちで大学へと進学する。そうして就職という道が目の前に迫ってきた時、果たして自分はどんな人間になっているのだろうか。今の彼女には、想像ができなかった。それにしても、

「暑い……」

恨みのこもったような言葉が、思わず口から漏れ出る。日差しが照り付ける繁華街のコンクリートの上を、有希は汗を垂らしながら一人で歩いていた。特に目的地なんてなかったが、ずっと家で寝そべっていると、ひどい焦燥感に駆られてしまうから。

ふと青空に向けて顔を上げてみると、いつの間にか七階建てほどの大きなショッピングモールの前に立っていた。暇つぶしにはなるかと思って、入り口の自動ドアを通り中へと入る。

店内は土曜日だということもあり、家族連れの客でにぎわっていた。人ごみの苦手な有希は、避けるようにしてエスカレータを上り、なるべく人のいない方へと歩いた。

女性服売り場のある三階は、照明の明かりが強いような気がして、なんだか場違い

な雰囲気が漂っていた。このような煌（きら）びやかな場所は、さえない一般女子高生には刺激が強すぎる。そんなことを思い、有希は三階を素通りする。

　ここにたどり着くまでに少し喉が渇いたから、五階にあるカフェへ立ち寄ろうと思うも、そこは人生を謳歌（おうか）していそうなキラキラした男女たちであふれかえっていて、肩を落としながら勝手に気分を沈ませる。

　たまに、どうして自分がこんな女の子なのだろうと思うことがある。どこでボタンをかけ違えたら、あるいはちゃんとかけたら、あんなに明るく人生を楽しめるのだろう。これまでの人生を、それなりに真面目に送ってきたという自負はある。それなのに、自分の人生は毎日がただ無為に過ぎていくばかりで、劇的な出来事など一つもありはしない。この人生が、自分の今まで選んできた選択肢の結果なのだけれど。悔やんだところで何も変わりはしないから、ひとまずカフェの列へと着いた。やがて自分の番がやってくる。

「いらっしゃいませ！　ご注文は何に致しますか？」

「あっ……」

　有希は提示されたメニュー表に書かれた見慣れない飲み物の名前に、思わず目が回った。しばらくの間思考が停止して、後ろの人がイラついているかもしれないという勝手な被害妄想を浮かべて背筋がひやりとし、とりあえず知っている飲み物の名前を口に出す。

「あ、あの、えっと、アイスココアで」

「サイズはいかが致しますか？」

「ふ、普通で……」

「トールサイズでよろしいですか？」

店員にそう訊ねられた時、飲み物のサイズが一般的なＳＭＬ表記ではないことに初めて気が付いた。メニュー表にはShort, Tall, Grandeと記載されている。こちらの世界では、この表記がごく一般的で、私の認識が間違っているのだろうと無理やり解釈した有希は、コクコクと首を縦に振った。

それから注文した飲み物を受け取って、店内で座って飲もうとするも、どの席も先客がいて腰を落ち着けることができない。結局有希は店の外へ出て、トイレの近くにある長椅子に座り息をつく。初めて行ったカフェのココアは彼女好みの甘さで、頑張って並んだ甲斐があったと笑みがこぼれた。今日、初めての笑顔だった。

その後、夏休みの課題に読書感想文があることを偶然思い出し、誘われるように『久喜屋書店』というお店の中へと足を踏み入れた。お店の中は、書店にしてはにぎわっていて、すぐに何かのイベントを催しているのだということに気づいた。喧噪のする方へなんとなしに向かってみると、何かの待機列が見える。その最前列に目を向けてみると、二十代後半ぐらいの女性が椅子に座って何かを書いていた。

それから有希は、近くの看板に『成瀬由紀奈先生サイン会』と書いてあるのを見つける。サインを書いてもらえるのは、成瀬先生の小説を購入した人が対象のようだ。近くに平積みされていた件の本の装丁を見て興味を持ち、裏表紙に書かれているあらすじを要約しながら読んでみる。

「えーっと、さえない男が偶然知り合った、天真爛漫な女の子は、実は重大な秘密を抱えていて……って、どっかで見たことあるようなストーリーじゃん……」

ついこの間も似たような映画が公開されていて、クラスで話題になっていた。おそらくそれとこれとは別の物語だが、既視感のかたまりでしかないそれは、もしかするとパクリなのではないかと不審に思う。

小説に関して、有希はそれほど知識があるわけではない。成瀬という作家のことは知らないし、どんな小説を書いているのかも知らないが、手に取ったそれは中高生向けのよくあるボーイミーツガール系の本だった。高校一年生が読書感想文の題材として選ぶのには、ちょうどいいといえるのかもしれない。

こういう珍しいイベントに立ち会ったのも何かの縁だと思い、列に並ぶ。そしてちょうどそのタイミングで、受付は締め切られた。

柄にもなく、何か運命のようなものに導かれているのかもしれないと思ったが、もし自分が作家だとしたら、一番最後のお客がファンでも何でもない通りすがりの人というのは、嫌だなと思う。

しばらくすると自分の番がやってきて、成瀬先生のことを間近で見る。一番初めに湧いてきた印象は、テレビでお天気キャスターをやってそうな人、だった。非の打ちどころのない、とても綺麗な人で、どうしてこんな人が作家をやっているんだろうと不思議に思った。同時になぜか緊張もしてしまい、思わず背筋がぴんと張り詰めてしまう。

有希は持っていた本を店員さんに渡して、先に支払いを済ませる。その後にサインを書いてもらうというルールらしく、そのまま小説は成瀬先生の元へと流れた。先生は表紙をめくって、一番最初のまっさらなページに、おしゃれに崩した「Naruse Yukina」というサインを書いた。

「君が一番最後だね」

「あ、ごめんなさい……」

「どうして謝るんだい？」

思わず口について出た謝罪の言葉に、ペンを置いて首をかしげる先生。しゃべり方が特徴的で、なんだか格好いいなとふと思った。有希は正直なことを話す。

「私、全然小説とか読まなくて。ここに並んだのも、ただの偶然なんです。なんだか一番最後で、ちょっと申し訳ないことをしたなと……」

「あぁ」

成瀬先生は、特に残念そうな表情は浮かべずに、サインの書き終わった本を閉じた。

「小説を読んだことのない人が、どんな感想を抱くかは気になるものだよ。この小説を読み終わったら、差し支えなければ素直な感想を出版社に送ってほしい」

「たぶん、私の感想なんて読んでも、面白くないと思いますよ。語彙力ないですし」

「面白い文章か、そうでないかは関係ないのさ。君の考える素直な言葉でいいんだから」

「楽しかったとか、面白かっただけでも？」

訊ねると、彼女はふわりとしたやわらかい笑みを浮かべた。

「もちろん」

それから有希は、サインの書かれた本を受け取る。少し前までは、世界に何百冊とある小説だったのに、返してもらったそれはどこか特別感がある大切なもののような気がしてならなかった。サインを書いてもらったことで、小説としての価値が上がったからだろうか。

それは違うと、すぐに思った。ただサインの書かれた本なんて、きっと何の価値もない。自分のために、成瀬先生はサインを書いてくれたことに意味があるのだと、有希はなんとなく思った。

「先生は、どうして小説を書いているんですか？」

ふと頭の中に湧いた疑問を投げかける。何げない質問だけれど、どうしてか自分が変わるきっかけになるような気がしたのだ。つまらない人生を変える秘訣を、彼女ならば知っているような気がした。そのヒントを、先生は私だけに教えてくれた。

「誰かの閉まっている扉を、開けてあげたいと、私は思うんだよ」


先生の話してくれた言葉を反芻してみても、その真意を理解することが有希にはできなかった。もっと詳しく聞いておけばよかったと後悔したが、あれからすぐにサイン会が終わって、訊き返す暇もなく先生は帰ってしまった。なんとなく、住んでいる場所が分かればまた会えるかもしれないと思い、ネットで成瀬由紀奈と検索してみたけれど、詳細な個人情報などのっているわけもなく、あまり現実的ではなかった。それならばと思い、先生のSNSを検索して開いたところで有希は我に返る。

「ストーカーみたいじゃん……」

呟いてみると、恥ずかしさで顔がほてった。

思えば、こんなにも何かに強く固執しているのは、覚えている限りの人生の中で初めてのことではないかと感じた。誰かに興味を抱くなんて、今までの自分では想像もつかなかった。あの言葉の意味が知りたくて、何度もあの日の短い会話を思い返す。

それからふと、答えに近付けるかもしれない、とても簡単な方法があることを思い出した。有希は机の中にしまっていた小説を取り出して、そのタイトルをつぶやく。

「喪失した世界と、消失点にいる君」

この本を読めば、何かが分かるかもしれない、その小説の一ページ目を、有希は開いた。


しばらくの間小説を読み続けていると、裏表紙に書かれているあらすじは、人の目を引き付けるためのものでしかないことに気づく。登場人物の設定こそありきたりなものだったが、ストーリーは想像していたものとはずいぶんとかけ離れていた。

読み始めた当初は、最後にはヒロインが死んでしまうのだろうという安易な予想をしていた。しかしいつの間にか、いなくなってしまうのはヒロインではなく、明るさを取り戻してきた主人公の方になっていた。そのストーリーは、驚きと同時にやるせなさが降り積もった。たった一人を幸せにしたいという思いで動き続けて、ようやく彼女は幸せになることができたのに、最後には一緒にいられなくなってしまうなんて。

物語の中ぐらい、完全なハッピーエンドで終わってもいいはずなのに。自分がもし小説を書くとするならば、きっと誰も死ぬことのないストーリーにするだろうと、有希は思った。そんなことを考えたって、この物語の展開が変わることはないけれど。

「いなくなってしまった主人公は幸せだったのかな」

答えの出ない問いを有希はつぶやく。彼は物語の中にいる人物で、現実に干渉することなんてないのに、考えずにはいられなかった。自分がいなくなることと、彼女の幸せを天秤に乗せたとして、果たしてそれが本当に釣り合っていたのだろうか。それとも、成り行きでそうなってしまったことを、彼は受け入れてただ彼女の幸せを願ったのだろうか。それは書いた本人にしかわからないなと、有希は思った。

気づけば、一日中本を読んでいた。そしてやけに頭が痛くなっていたため、いつの間にか雨空にでもなったのだろうかと憂鬱になる。片頭痛持ちのため、気圧が下がると頭痛がするから雨は嫌いだった。

有希は立ち上がって、薄暗い部屋のカーテンを開いて外を見る。しかし窓の向こうで、雨なんて降っていなかった。西の空に沈む夕日とオレンジ色の空を眺めていると、窓に薄っすらと自分の顔が映っていることに気づく。

——あぁ、雨が降っていた場所は、自分の心の中だったんだ。

初めての気持ちに戸惑うように、その場に膝をつく。しばらくの間、有希は溢れてくる涙を止めることができなかった。

やがて長い長い夏の休みが終わり、問題なくすべての課題を提出した有希の生活は、休み前と少しだけ変わっていた。彼女のカバンにはいつも何かしらの文庫本が入っていて、それを休み時間のたびに開いては読んでいた。その本を読み終わったら、帰り道にある本屋へ寄って新しい本を買い、またすぐに読み始める。何かにとりつかれたように、毎日多くの時間を使って小説を読んでいたが、その生活は有希にとって全然苦ではなかった。

そして、それからある日の昼休みの時間に、有希は担任の柳先生に校内放送で呼び出された。何か悪いことでもしたのだろうかと不安になりつつも、急いで職員室へと向かう。理由は分からないけれど、一応怒られる覚悟だけはしていたが、先生の第一声は「最近、学校生活は楽しい？」だった。

「はい、そうですね……」

戸惑いながら口に出た言葉だったが、それがまるきり嘘ではないのだと自分で理解できた。夏休み前の自分は毎日退屈を抱えて生きていたのに、今の生活はどこか楽しい。その答えが満足だったのか、柳先生は笑顔を浮かべた。

「そ、よかった。それで、話なんだけどね。七海さんって、この学校の校則が書かれてる紙って読んだことある？」

「え、あれ、私破ってましたか……？」

肩のあたりで切りそろえている髪は、いつもハーフアップでまとめているし、化粧に興味がないからそれもしていない。スカートだって折り曲げずに、ちゃんと膝の下まで伸ばしている。今まで遅刻も欠席もしたことないし、授業だってこれまで真面目に受けていた。悪いと思うことは極力しないよう心掛けている有希は、必然的に校則破りに抵触するようなことはしていないと思っているため、そもそも読んでなどいなかった。

「うーん。最初のホームルームでも説明したんだけどなぁ」

そう言うと、先生は机の中から一枚の紙を取り出して、有希に手渡した。その紙の一番上には、大きな文字で『入部届』と書かれている。

「あ」

忘れていた、という意味合いの声が思わず漏れる。有希の通っている高校は、特別な事情のない限り、部活に入部することを絶対の条件にしているのだ。特別な事情などない有希は、もちろんどこかの部に入部しなければならないのだが、興味もなかったため完全に無視していた。何も言わずにいたら、先生も特に何も言ってこなかったため、今まですっかり忘れてしまっていた。

「うちの学校、面倒くさいと思うけど絶対部活しなきゃいけないんだよね」

「あの、本当に入部しなきゃいけないですか……？」

「うん、もちろん。そこで、一つ提案があるんだけどね」

先生はそう言うと、先ほどと同じく机の中からもう一枚の紙を取り出した。その紙には大人が書いたようなきれいな字で『文芸部員募集中！』と記載されている。

「七海さんみたいに部活に入っていない子、他にも結構いるからどうにかしたいなって思っててね。本当は、今まで黙認してきたんだけど。でもこの際だから、私が部活を作っちゃおうって思ったの。活動内容はとっても簡単なものにして、年に一回は何か成果物を作らなきゃいけないんだけど、それも今は自由参加にしようかなって考えてる。一応部員になった人に簡単な短編小説を書いてもらって、冊子にしてまとめるのを計画してるんだけど」

そういうの、興味あったりしない？と、先生は誘ってきた。有希にもやりたいことがあったため、今部活に時間を取られるのは、とやや後ろ向きな気持ちだったが、その活動内容なら生活に支障はなさそうだと思い首を縦に振った。先生はさっそくボールペンをこちらに渡してきて、その場で入部届にサインした。

「ところで、あと一つお願いがあるんだけど」

まだあるのかと、有希は思わずため息が漏れそうになった。入部の件以外に、校則を破ってはいないはずなのに。一応は怒られることを警戒したが、どうやら今度はそういう話題ではなかったらしい。

「夏休みの課題の読書感想文。クラスごとに優秀な人を一名選んで、選ばれた人の中からまた審査して、最終的に学年別表彰をするんだけど、七海さんの書いたもの推薦に出していい？」

そんな提案に、有希は素直に驚いた。これまでの人生の中で、何かで表彰されるようなことはなかったし、そもそも候補として選ばれるようなこともなかったからだ。だから特筆して何か秀でているものを持っているわけではなかった有希にとっては、初めての経験だった。

「たぶん七海さんの作文、推薦したら絶対に表彰されると先生は思うんだよ」

「絶対って」

あくまで可能性の話ではなく、絶対と言い切れる自信が自分の作品にあるのだろうか。

「そう、絶対。本当は別に生徒に確認は取らなくてもいいんだけどね。でも表彰されたら作文が広報とかに載ることになるから、それはもしかしたら抵抗あるかなと思って、一応確認のためにね」

表彰される可能性なんて、限りなく低いことだと有希は思う。だからわかりましたと言ってもよかったが、仮に先生の言うように学年一位に選ばれることがあれば、自分の書いた作品が多くの人の目に触れることになる。それは先生の言うように、確かに抵抗があった。そう感じるのをわかっていたから、わざわざこうして訊ねてきたのだろう。

ここで首を横に振るのは、逃げ場を作ることと同じだと有希は思った。逃げ場があれば、うまくいかなかった時に人は簡単にそこに飛びつくことができる。今までだって、有希は自分が傷付かないように、どこかに予防線を張るような、そんな人生を送ってきた。つまりここで首を横に振るということは、全然本気などではないということ。

今の有希は、本気で自分を変えようと思っている。ここで変わることができなければ、一生このまま逃げ続ける人生を送ってしまうから。それは嫌だと思ったから、有希は強く首を縦に振った。

「わかりました。先生の言葉を信じます」

走り出したばかりの有希の腕を、先生は手のひらでポンと優しく叩いて言った。

「期待しているよ。未来の小説家さん」

それからしばらくの時間が経って、有希の書いた読書感想文は学内で表彰された。

朝の集会の時に校長先生から、全校生徒の前で表彰状をもらい、とても大きな緊張を味わった。けれどそれ以上に気が張り詰めたのは、実際に生徒に配られた学校便りに、本当に自分の書いた読書感想文が載っていたことだった。いつもなら、さして興味のない学校から配られるプリントは、内容を流し読みするだけでゴミ箱に捨てる人がほとんどだった。けれど今回だけは、学年で一番になった有希の読書感想文に興味を持った何人かが、配られたそれにすぐに目を通していた。

柳先生もプリントを配った際に「うちのクラスメイトが一番になりました。今回は捨てずにちゃんと読むように」と、わざわざ念押しをした。それでも興味の湧かない人たちは、貰ったものをすぐに鞄に放り込んで帰り支度を始めたが、気づけば有希の周りには小さな人だかりができていた。

「すげぇじゃん」

「応援してる」

「今のうちにサイン貰っとこうかな」

多くの賞賛の言葉が、有希の耳に入ってきた。

「私が一番うまく書けてたと思ってたのに」

そんな、残念がるような声も耳に届いた。

普段は関係のないものを親に見せたりはしないけれど、家に帰ってから有希は例のプリントを渡した。初めは「はいはい、ハンコね。ちょっと待っててね」と言って、家事の手を止めた母親だったが、学校に提出するようなものではないことに気づくと、椅子に座ってそれを読み始めた。そうして読み終わってから、こちらを見て言う。

「最近明るくなったのは、これが原因ね」

なぜか口元をにやつかせていたが、そのプリントを持ってどこかへ行った後に、また戻ってきてようやく返してくれる。

「コピーしておいたから、もし叶わなかったらそれ見せて笑ってあげる」

それからいそいそと夕食の準備を始めた。鶏肉を切っている時、これまた嬉しそうに「まあ、頑張ってみなさいよ」と微笑む。励ましの言葉を貰った有希は「がんばる」とだけ返した。

これで中途半端に逃げ出したら、多くの人に笑われる。結局口だけかと呆れられるかもしれない。そんな逃げ場を、有希は自ら断った。その決意を自分への戒めにしようと、読書感想文を買ってきた額に入れて机の上に飾った。

その読書感想文は、小説家になりたいという有希の心情を綴った、多くの人に鼻で笑われてしまうような、思い返せば恥ずかしい文章の羅列だった。

自分の夢を他人に明かしたことは、結果的に有希の行動を後押しすることとなった。周りの人間はみな、彼女が小説家を目指していることを知っていた。だから中途半端なところで辞めて笑われてしまうのはプライドが許さなくて、気持ちを奮い立たせることができたのだ。

「おはよー有希」

朝礼前に席で本を読んでいると、後ろにくくった髪の毛を左右に揺らしながら花咲(はなさき)梓(あずさ)が元気よく登校してきた。梓は最近できた友人で、以前まで内向的な性格だった有希とは真逆のような人物だった。部活動はバレー部に所属していて、性格は陽気。バスケ部の部長と交際しているというのは、情報に疎い有希でも知っていることだった。

そんな梓は、カバンの中から一冊の本を取り出す。

「これ、私のおすすめの小説。参考になるかもしれないから、読んでみて」

「びっくり。梓って、小説読むんだ」

「それ絶対馬鹿にしてるよね。私だって読むよ、小説の一冊や二冊ぐらい。疲れてすぐ寝ちゃうけど」

「やっぱりそんなことだろうと思った」

冗談を交わしながら、有希は小説を受け取る。それはまだ読んだことのない、あまり馴染み深くない携帯小説というものだった。

「有希が読んでるような難しいやつじゃないんだけどね、めっちゃおすすめだから。泣くよ、絶対泣くよ？」

「泣くかなぁ。あんまり涙腺は弱くないんだよね」

成瀬由紀奈の小説を読んだ時、思わず涙を流した有希だったが、そんな風に感情的になったのは、実はあの瞬間だけだった。きっと涙は出ないだろうと思いつつ、友人から本を受け取ってお礼を言う。

小説家を目指し始めたことによって、それまでより本を読む機会が増えたというのは言うまでもないことだが、他にも目に見えて変化したことがあった。

それは小説を書くという動機を通して、世の中のいろいろなことを知ろうと行動に移すようになったことだった。どんなことも、経験をしたことがなければ上手く書くことができない。そう考えた有希は、休日は情報収集のために外へ出たり、お洒落にも気を使うようになった。そんな明るい変化のあった有希の周りには、次第に梓をはじめとした友人が一人二人と増えていき、公私共にとても充実した毎日を送っていた。

もちろん小説を書くということで満足するわけはなく、デビューするというのが目標でありスタート地点であると見据えていた彼女は、早い段階から多くの新人賞に応募したり、ネットの小説投稿サイトに自ら書いた小説をアップロードしていた。そのことを、もちろん梓や他の友人にも話していて、時折「頑張ってね」と応援してくれていた。

実はつい先日も、応募していた新人賞に落選して、有希は意気消沈していた。落ち込んでいる様子が雰囲気で伝わったのか、梓は自分の席に向かう前に「まあ、次があるさ」と肩に手を置いて励ましてくれる。そんな時に感謝の気持ちを覚えると共に、友人がいることのありがたみを感じる有希だった。

新人賞は初め、一次で落選することばかりだったが、一度や二度で折れたりせずに分析を続け、何度も別の作品を書いては賞へ送り続けた。努力のやり方を間違えなかった有希は、高校生活二年の間で着実に実力を伸ばしていった。

けれど、どんな物事にもスランプというのは付きもので、高校三年に上がってからはそれまでと比べて極端に小説が書けなくなっていた。それは、頑張っても結果に結びつかない焦りと、進路での悩みが増えたことが主な理由だった。

負けるものかと張り切っていた時期もあったが、そんな気持ちもだんだんとしおれていった。

そんな自信の無くなるような生活を送っていた時、有希は親しくしていた当時の上級生に告白されて、初めての恋人ができた。恋人ができて気分も少し持ち直していた有希だったが、彼女にとって誤算だったのは、甘酸っぱい恋愛を純粋に楽しむことができず、初めから経験と割り切ってしまっていたことだった。彼のことは好きだったけれど、彼女の頭の中には、常に小説があった。だから相手の男性と有希の間には、埋められることのない見えない距離が常に立ちはだかっていた。

それでも順調に関係性を深めていき、交際を始めてから一ヶ月が経った頃のこと。記念日ということで、駅前のショッピングモールで手を繋ぎながらふたりで散策していると、突然見知らぬ女性に後ろから高圧的に話しかけられた。

「ちょっと、なにしてんのよ」

彼女の方を振り返った恋人は、どこか青ざめた表情を浮かべていて、状況が読めない有希はただ首をかしげていた。けれどすぐに、今の自分が置かれている状況を理解することになる。

「まさか、浮気してたなんて。あんた、最低だよ」

「えっ、浮気……？」

思わず反射的に手を離した有希は、隣にたたずむ彼から距離を取っていた。本音を言うならば、その言葉を否定してほしかったのだろう。けれども弁解の言葉を発することをせず、彼は話しかけてきた女性に頬を叩かれた。その後、彼女は肩を怒らせて目の前から立ち去る。

「……どういうこと？」

怒りよりも、悲しみが先にあった。どうしてそんな大事なことを話してくれなかったのか。どうして、恋人のことを裏切るようなことをしたのか。その理由が知りたかったけれど、彼は申し訳なさそうに顔を伏せて「ごめん」としか言わなかった。それから彼は有希を置き去りにして歩き出し、言葉もなく曖昧な関係は自然消滅した。

　有希にとって恋愛というものは、小説の中で繰り広げられるような、幸せで華々しいものを想像していた。そんな空想じみた付き合いは、現実世界ではありえない。しかし自分が浮気相手にされたことで変に拗らせてしまった彼女は、そんな夢物語のような恋を望むようになった。

　初めての恋愛が男の浮気という形で終わってしまった有希は、しばらく精神的に立ち直ることができなかった。

「まあまあ、男なんて星の数ほどいるんだから。そんなに落ち込みなさんな」

　梓や周りの友人は、そんな有希の悲しみに寄り添ってくれて、一日中カラオケに付き合ってくれた。高校生が遊べるギリギリの時間まで歌い通し、帰り道の繁華街でからした声を上げながら泣き続けた。

　そんな不運な出来事も重なって、いつの間にか小説を書かない日々が増えていく。このまま辞めてしまおうと思った時もあったが、ここで辞めてしまえば走り続けてきた二年間がすべて無駄になると感じた。物事は結果がすべてではなく、結果を出すために積み重ねた努力が一番大事なのだと言うけれど、そんな言葉はただの気休めにしか過ぎないと有希は思った。結果が出なければ、意味がないのだ。後に残るのは悔しいという気持ちだけで、それ以外に湧き出てくるすべての言葉はただの言い訳に過ぎない。

　だから不退転の気持ちを持って、有希は無理やり筆を取った。

　そんな崖っぷちの状況だったから実力以上の力を引き出すことができたのか、それから書きあがった小説は、これまでに書いてきたどの小説よりも納得のいくものになった。そして高校生活最後の作品は、夏に開催される新人賞へと応募することにした。そのタイトルは『あなたの夢見た世界』というものだ。

　賞を開催しているのは、『啓文社（けいぶんしゃ）』という中高生向けの小説を出している出版社。啓文社は恋愛小説や青春小説をメインとしており、有希の書いた小説はもちろんレーベルの色に合った高校生が主人公の青春小説だった。

　そしてその応募を最後にして、有希は一旦大学受験に専念することを決めた。

　高校三年では別のクラスになった梓とは、お互い受験生ということもあってか今ま

でより会話が減ってしまっていた。バレー部を引退した彼女は、それと同時に塾へと

通い始め、話をするのは帰りのバスくらいだった。
「そういえば、大学どこ受けるの？　星南？」
脈絡もなく訊ねてきた彼女は、つり革を掴みながら、器用に英単語帳をめくってい
た。星南大というのは、この地域では偏差値が高めの公立大学だ。
「それも考えたんだけど、北峰受けようと思って」
「北峰？　どこそこ」
「県外の大学」
「県外って」
県内の大学を受けないことを、有希は友人にはまだ誰にも話していなかった。合格
すればそこで離ればなれになることが確定してしまうから、なかなか言い出すことが
できなかったのだ。
そうして案の定、急な打ち明け話に驚きを見せた梓は、英単語帳を閉じてこちらに
向き直った。
「有希の決めたことだから、私は止めたりなんてしないけど……仮に違う大学でも、
また普通に会えるって思ってた。なんで、県外に決めたの？」
「一回、実家を離れて生活したいなって思ってたの。知らない世界が、きっとたくさ
んあるから。理由はたぶん、それだけ」

　自分の知らない世界に触れて、創作活動に活かしたい。高校三年生の有希は、それほどまでに作家になることに真剣だった。そしてそんな決意を曲げさせることはできないと悟ったのか、梓は寂しさの入り混じった大きなため息を吐く。

「一年の頃から、有希はそれしか見えてないもんね」

「ごめん。今まで言い出せなくて」

「ううん、別に。そういうところがかっこいいなって思ったから、友達になりたいって思ったんだもん。止めちゃったら、昔の自分も否定することになっちゃう」

　寂しそうに視線を伏せる梓だったが、すぐ後に心を決めたように笑顔を見せた。

「もし小説家になれたら、中途半端なところでは絶対に辞めないこと。有希の名前を見たら、きっと私も頑張れるから」

「それは約束する」

　今でも本気で応援してくれているのは、きっと梓だけだということを有希は分かっていた。何せ小説家を目指し始めたのは、二年も前の話なのだ。有希が小説を書いていることを覚えているのは、おそらく梓の他には当時担任をしていた柳先生だけ。だからいつも気にかけてくれて、新人賞の進捗状況を話した時に一喜一憂する彼女の存在を、有希は誰よりも大切に感じていた。

　だから、離れることになるのはとても寂しい。大切な友人よりも、自分の夢を取ってしまうことが正しいのかはわからない。だから有希にできることは、約束を守って胸を張れる自分になるということだけだった。

志望校を両親に伝えても、特に難色を示されることはなかった。ただ一つ、有希が一人っ子だからか、卒業の日が近付くにつれて父が寂しげな表情を浮かべるようになった。それは少しだけ、申し訳ないなと感じる。

小説に多くの時間を割いてきた高校生活ではあったが、夏の模試では志望校の判定がまずまずのもので、勉強をサボりさえしなければ十分合格を狙えるレベルだった。

そうして原稿を出版社に送って二か月後、ホームページで一次選考通過者が発表された。その中に、有希の名前はもちろん入っていた。一次選考を通過していたことに、特別驚きはしなかった。むしろ、通っていなければ困るのだ。最大の目標は自分の作品を出版することなのだから。

勉強も、新人賞の選考も、何もかもが順調だった。この調子で二次選考も難なく突破して、最終選考に駒を進められると有希はどこかで確信していた。けれど、現実はそこまで甘くはなかった。

二次選考の結果がホームページに載せられた時、有希は目の前の現実を受け入れるのにしばらくの時間がかかった。

「ない……」

何度見返しても、選考通過者名に有希の名前は書かれていなかったのだ。頭の中が真っ白になって、これまで歩んできた二年間が崩れ去っていく音がした。まるで、お前にはまだ早いのだと言われているような気さえして、やるせなさで涙が溢れた。

目の前に広げていた勉強道具を、右腕で押しのけて床へ落とす。そのまま机の上に突っ伏して、唇を強くかみしめる。それから誰にも聞こえないように、押し殺すようにして自室で泣き続けた。それは七海有希の経験した、初めての挫折だった。

世の中には天才と呼ばれるような人がいて、有希は自分がそういう人間ではないとわかっていた。受かる人もいれば、落ちる人だって大勢いる。今回賞を勝ち取る人は、こういう挫折を何度も繰り返してきたのだ。そうして何度も諦めずに挑戦し続けた人だけが、結果を残すことができる。

だから夢を叶えるためには、何度も失敗をして、そのたびに反省して次に生かしていくしか方法が無いのだ。時間をかけてたっぷり落ち込んだ有希は、落選した作品をネットに投稿して、高校生活での執筆活動に一旦区切りを付けた。受験が終わって生活に余裕ができた時に、また一から頑張るために。

人生において、やりたいことだけを続けるというのはとても難しい。

時にはやりたくないことも、進んでやらなければいけないからだ。今まで勉強なんてそこそこにやっておけばいいと思っていたけれど、自分がやりたいことに精一杯打ち込むためにする努力は、しかし案外悪いものではなかった。勉強に打ち込むことで、しばらくの間は落選したショックをやわらげることができた。そんな時間を過ごしていると、気づけば季節は秋に差し掛かっていた。

この時期になると、高校三年生は卒業を意識し始める。有希は卒業をした後、地元を離れる予定となっている。初めてできた多くの友人とは、段々と疎遠になっていくのであろうことは、なんとなく理解できていた。

人はきっと、出会いと別れを通して成長していく。別れがあるから、また次の幸せな出会いがあるのだ。だから彼女は、友達と別れることに寂しさを感じることはあっても、未来に対しての不安は抱いていなかった。

それからも勉強に励み続け、冬が来て、新しい年が明ける。大学の入学試験に挑み、それがまずまずの手ごたえで終わった。解答欄がズレているようなことがなければ、きっと受かっているだろうという自信があった。そんな前向きな予想は見事当たっていて、合格発表の日に貼り出された掲示板を見に行くと、自分の番号が確かに掲示されていた。大きな目標を達成したことに対して、涙は流れなかった。受験に成功することよりも大事な目標を、有希はその胸に抱いていたからだ。

けれどそんな目標より、大学に受かることの方を重要視している家族へ、報告のために電話をかけることにした。スマホを開き、母の番号を呼び出そうとしてふと気が付く。いつもは使わないメールフォルダに、一通のメールが届いていた。おそらく、迷惑メールだろう。そう思った有希は、フォルダを開きメールの中身を見ずに削除してしまおうとした。

しかし削除しようとした指がすんでのところでとどまり、メールに表示されている件名が視界に飛び込んでくる。果たしてそこに表示されていた文面は、『書籍化打診のお願い』というものだった。その文面の意味を頭の中で理解することができず、しばらくの間有希はスマホの画面に目を落としていた。けれど合格発表を見に来た別の学生と肩がぶつかって、ようやく我に返る。

「あ、すみません……」

謝罪の言葉が聞こえてきたが、有希は気に留めずに人気の少ない場所へと抜けて、あらためて届いたメールの中身を確認した。要約すると、それは有希の投稿した小説を、ぜひ弊社で書籍化したいというお誘いの文面だった。どうやらこのメールを送ってきたのは、『星文社（せいぶんしゃ）』という出版社の編集者らしく、有希も書店でたびたび目にすることがあるレーベルだった。

けれど送られてきたそれが、実は詐欺のメールなのではないかと疑いを持ち、一応出版社の名前を検索した。その星文社という出版社は、有希の記憶の通りもちろん実在していた。

ようやく目の前の事実を受け止めることができた有希は、スマホを両手で握りしめたままその場にしゃがみ込む。そうして今まで堪えていた涙が、一粒一粒頬をつたい地面に落ちていく。

今まで頑張ってよかったと、有希は心の底からそう思った——。


書籍化の打診が来たことを、有希はすぐに両親へ伝えた。本人同様、届いたメールが詐欺なのではないかと疑ってかかっていたが、娘の話を聞くと二人はすぐにその話を信じた。

有希は、あの後すぐにメールに記載されていた番号に確認の電話をかけ、事実確認を行っていた。電話に出たのは、黒川沙希という編集者。有希の投稿した『あなたの夢見た世界』という小説を、ぜひ弊社で書籍化したいという話をされて、両親に確認を取らずに有希はその場で快諾していた。

事後報告になったことを両親は怒るかもしれないと不安だったが、勝手に返事をしたことには特に何も言及をしなかった。けれど、出版社からのメールに動揺していた有希は、無事に志望校に合格したことを伝えるのを忘れてしまっていた。そのことに関して、もっと早くに伝えてほしかったと小言を言われたけれど、無事に合格していたからか母はすぐに機嫌を戻した。

「よかったじゃん。おめでとう」

勉強も小説も、向こうに行っても頑張んなさいよ。自分の親ながら、反応が軽いなと思い、拍子抜けした。正直なところ、もっと喜んでくれるのかと思っていたけれど、親というのはそういうものなのだろう。有希自身も、他者から賞賛を得たいがために目指していたわけではなかったから、冷たいなと思うことはなかった。

それから有希は、大学へ入学するための手続きや準備を行いつつ、デビュー作の出版のための作業を進めた。打ち合わせのために黒川という編集者と電話をした時、初めて抱いたのは〝あけっぴろげな人〟という印象だった。有希とはまるで違うおおらかな人物で、会話のペースは常に向こうが握っていた。けれど、初めて書籍を出版する有希の意向を最大限にくもうとしてくれていた。

お昼時から夕方まで続いた打ち合わせの末、書籍を出版するのは六月二十七日。大学へ入学してから、約二か月後という契約になった。これから大学入学のためにやらなければいけないことが山積みで、忙しくなるであろうことは有希自身わかりきっていたことだが、早く出版したいという気持ちが強かったため、このようなスケジュールとなった。

そうして有希は、無事に高校の卒業式を迎える。仲の良かった友人に、これから小説を出版することを伝えると、皆一様に祝福の言葉をくれて自身の励みになった。三年間文芸部でお世話になった柳先生は、作家デビューすることを伝えると、「これからも、頑張ってね」と言って、瞳に涙を浮かべるほど喜んでくれた。

梓は、地元を去る時に駅まで見送りに来てくれた。新天地へ向かう電車を待っている時、少し晴れ晴れとした表情で話してくる。

「ちょっと、有希が遠くに行っちゃう気がする」

「今から遠くに行くんだけど」

「そういう意味じゃなくて、小説家になることで、ね。私が一番応援してたつもりだったけど、これからはいろんな人が有希の作品を心待ちにしてくれるんだなって。だからもう、私の応援は必要ないね」

「そんなこと、ないよ。これからだって、応援しててほしい。私も梓のこと、遠い場所で応援してるから。それに……きっと梓が友達じゃなかったら、途中で挫けてたかも」

梓が初めてできた友達で、親友で本当によかった。そんなありのままの正直な気持ちを伝えると、隣で見送ってくれる彼女は鼻をすすった。ちょうどそのタイミングで駅に電車がやってきて、扉が開く。

「これからいろいろ大変かもしんないけど、お互い頑張ろうね。有希のこと、本当に応援してる」

「ありがと」

　電車に乗り込んで後ろを振り返ると、梓は少しだけ泣いていた。そんな姿に「仕方ないなぁ」と思いながら、優しく微笑む有希。やがてゆっくりと未来へ向かう乗り物は動き出して、親友の姿が見えなくなるまで手を振り続けた。

　そうして彼女の姿が見えなくなった時、ようやく我慢していた感情が溢れ出した。

「寂しいなぁ……」

　そんなことをつぶやいて、滴り落ちる涙をぬぐう。けれどこれは、自分が選んだ物語なのだ。後悔も、悲しみも、すべて自分一人で背負っていかなければいけないのだ。だから次に会えた時は、笑顔でいられる姿を想像して。花開く未来を願いながら。

　有希は三年間学んだ学び舎と、これまで過ごした土地から卒業した。

＊＊＊

　カフェに入る前に購入してきた小説を半ばほど読み終えた頃、手元にあるココアの入っていたカップは空になった。飲み物一杯で何時間も滞在することに罪悪感を覚えるため、呼び鈴を鳴らし、店員に同じミルクココアを注文した。まもなくして飲み物が運ばれてくる。その熱々のココアに再び口を付けようとした時、目の前に座っていた後輩が乱れた原稿を机の面で整え、軽く息を吐いた。

「ところで、どういう心境の変化なんですか」

「心境の変化って？」

「あれだけ、私は書かないって言ったくせに」

「気が変わったんだよ」

後輩に突然書けと言われ、旧友である茉莉華さんにほだされ気が変わった私は、あれから約二か月かけて一冊の小説を執筆した。その小説を後輩に読ませるために、今日は貴重な休日を割いて街にある小洒落たカフェへと誘ったのだ。

その喉から手が出るほどほしがっていた、名瀬雪菜の小説を途中まで読んだ彼女の表情は、どこか沈んでいるように見える。

「私、実はこれでも反省したんです。先輩に、無理言って困らせてしまったから。今日は、ちゃんと謝ろうと思ってここに来たつもりでした」

けれど彼女の予想に反して、私は小説を書いてここへ持ってきた。初めは戸惑う姿を見せていた後輩は、とりあえず読んでほしいと伝えると、すぐに持参した原稿へと目を落としていた。

その原稿を途中まで読んだ彼女は、深々と頭を下げた。

「先日は、生意気言ってすいませんでした」

突然後輩に頭を下げられ、逆に申し訳なさを感じ「頭を上げろ」と促した。それでも下げ続けている彼女に、呆れを感じる。

「君は、自分がそうしてほしいと思ったから、私に突っかかってきたんだろう。だとするなら、謝るな。それが君の選んだことなんだから」

最近の若者の考えることは、よくわからないなと思う。小説を書いていくならば、若い人の気持ちを理解しなければとは思うけれど、書けと言ったり謝ったりしてくる彼女を見ていると、まるで宇宙人と話しているようにも思えてしまう。あるいは、過去の自分もこんな風に、支離滅裂な態度や反応を見せていたのかもしれないけれど。

それから渋々といったように顔を上げた彼女に、私はあらためて感想を求めた。何せ、実際に小説を書いたのは本当に数年ぶりのことだ。彼女は編集者としてまだまだひよっこではあるが、だからこそ感じる新鮮な生の声を聞きたかった。

「正直、今まで読んだ限りでは、メインの読者層である中高生の方が感情移入するのは、難しいかと思います」

ハッキリとダメ出しを受けたが、怯んだりはしなかった。

「なるほど。どうしてそう思う？」

「読者の人にとって、小説を書くという行為は身近ではないからです。それと、展開が少し早い気が」

後輩は、今まで読んだページをもう一度ぱらぱらとめくって、軽く流し読みを始めた。それでも発言を変えないということは、自分の抱いた感想に迷いはないようだ。

「この小説のテーマって、なんですか？」

「幸せに関して、だ」

「しあわせ……」

私の言った〝幸せ〟という抽象的なワードを小声で口ずさみ、彼女は腕を組んで一人で考え事を始める。入社してまだ日は浅いが、真剣に物事を考えるその姿を見て、この後輩は将来有望な人材になるだろうと想像した。

ちょうどいい温度になったココアを半分ほど飲み干してから、あらためて彼女に質問をした。

「それじゃあ、君にとっての幸せとは、どういう状態のことを指す？」

「楽しい時とか、満たされている時、ですかね。あと、目標にしていたことが叶った時とか。すごい抽象的ですけど」

「そうだな。私もそう思うよ。有希も、たぶん幸せだったんだろう。夢ができて、小説家としてデビューすることができて」

きっと彼女は、誰もが羨むような幸せなスタートを切ることができたはずだ。これを幸せと呼ばないのなら、いったい何が幸せなのだと問うほどに。けれど、この小説のテーマとしての幸せは、今まで語ったそれとは違っていた。

「ところで、今年の弊社の新入社員の募集枠は何人だったか知っているか？」

いきなり話が明後日の方向に飛び、いったいそれがどうしたのだという目を向ける後輩。けれど確かな数字に自信がなかったのか、スマホを使って調べものを始めた。

おそらく彼女は、ホームページの新卒採用ページを確認したのだろう。しばらく経ってから彼女に聞いた数字と、私の記憶に相違はなかった。

「もちろん実際に募集した人数より、応募をした人数は多い。その中から君が選ばれたわけだ。自分の頑張りを誇ってもいいよ」

「なんで上から目線なんですか。それと、この数字に意味はあるんですか？」

「つまり私が言いたいのは、幸せというものは往々にして、誰かの不幸の上に成り立っているということなんだよ」

おそらく彼女は、第一志望の会社に内定をもらって幸せを得ることができたはずだ。けれど、受かった人もいれば落ちた人も何人もいる。有希が送った新人賞の結果のように、幸せの裏で不幸せを背負う人は大勢いる。

「……確かに、奈雪先輩のおっしゃることは一理ありますけど、少し考えが重たくありませんか？　それに何か、説教じみている気がします」

「けれど、生きていく上では避けて通れない真理だと私は思う。この小説を簡潔に説明するとしたら、そんな考えをしている女の子がどのようにして報われるのかという物語なんだ」

私の説明に、未だ納得した素振りを見せない後輩だが、中断した物語の先が気になるのか再び原稿に指を落とした。そうしてゆっくりと、次のページを開く。

「もう少し、真剣に読んでみます」

彼女はそう言うと、再び物語の世界へと入っていった。

夢の扉を叩く少女。

県外の大学へと進学した有希の生活は、これまでの暮らしと一変していた。今まで人生で親に任せていたことを、すべて自分の手で行わなければいけないからだ。引っ越しをしてからしばらくの間、部屋の隅っこに山積みになっている片付かない段ボール箱を見るたびに、憂鬱な気持ちを抱えていた。

　そもそも誤算だったのは、大学入学ギリギリのタイミングで一人暮らしのアパートへ入居したことだった。日にちに余裕があれば、荷ほどきをする時間を確保できたけれど、入居してからすぐに大学が始まり、おまけに小説の改稿作業も重なってしまったため、実家からの荷物は必要なもの以外基本的には手つかずのままだった。

「なんでこんなに切羽詰まってるんだろう……」

　パソコンとにらめっこをしながら、自分の置かれた現状を一人嘆いてしまう有希。

　そして大学入学したての有希は、どの科目を履修すればいいのかがイマイチよくわからず、気になる科目のオリエンテーションはすべて参加するようにしていた。その説明を受けた講義の中から、半期の間に受ける講義を選択する必要があり、余計に頭を悩ませる。知人が誰一人いない環境と、やらなければいけないことが山積みの現状に耐え切れず、部屋の隅で涙を流すことが多々あった。

　それでも毎日一つ一つ目標を定めて消化していき、原稿の締め切りは一度も破ることなく、五月の終わりに校了を迎えることができた。あとは発売されるだけという状況になって、ようやく肩の荷が下りる。自分の作品が形として残るという初めての体験に、未だ実感なんて湧かなかったけれど、ベストは尽くしたという自信はあった。欲を言えばたくさんの人の手に渡ってほしいが、たとえ一人でもこの作品で前向きになってくれれば、それだけで満足だった。

そして、またしばらく経ってから、担当編集の黒川からデビュー作の初版部数を電話で伝えられた。有希の書いた『あなたの夢見た世界』という作品は、初版部数が一万六千部と、新人の作家にしては、とても好待遇な数字だった。

『弊社としても、この作品にかなり期待しています！』

そんな熱のこもった言葉を貰った有希は、まだ発売もしていないというのに、不安とプレッシャーで心が押しつぶされそうになった。

心の準備をする暇もなく、容赦なく日にちは過ぎていき、やがて有希のデビュー作は発売日を迎える。自分の暮らしている地域のお店にも、もちろんデビュー作は置かれていた。それを見つけて手に取った有希は、思わず感極まって涙を流した。夢を抱いた日から続く、今までの思い出が頭の中を駆け巡り、その感情を自分の意思で抑えることができなかった。まだ夢の入り口に立ったばかりだけれど、今日ばかりは自分の頑張りを素直に褒めたたえてもいいのではないかと思えた。

しばらくそのまま感傷に浸っていたかったけれど、書店のど真ん中でいつまでも泣いていたら不審者だと思われそうだったから、ほどほどにして立ち去ることにした。

けれど歩き出そうとしたとき、ふと隣に同年代くらいの男の人が立ち止まる。その人は、驚くことに自分の書いた本を手に取った。

それ、私が書いたんです。そんなかっこいい言葉を言ってみたいと思ったが、今の泣き腫らしている自分が話しかけたら、軽く変人に間違われそうだったから踏みとどまった。そもそも、知らない男性に話しかける勇気もないけれど。

でも、

「これ、面白いの?」

その言葉が、隣にいる自分に向けられたものだと気づかなくて、だいぶ間を置いてから「あ、はい……」と、なぜか自信なげな返事をした。自分は、その本の作者なのに。

男は「そう、面白いんだ」とつぶやくと、他には何も言わず、手に取った小説をレジの方へと持って行った。そんなわずかな間の出来事に気を取られ、自分の本が一冊売れたのだということに気づいたのは、彼が購入した小説を持って書店を出て行った後だった。

自分の目の前で本が売れたことよりも、まるで物語のワンシーンのような出来事に気を取られ、有希は馬鹿みたいに呆けた表情を浮かべる。もしかすると、彼とまたどこかで会うことがあるかもしれない。そんな夢想をして、あり得ないなとかぶりを振る。物語の中ならまだしも、目の前に広がる現実は都合のいい奇跡なんて起きないし、劇的な出来事もありはしないのだ。だからこそ、人は物語の中に幸せを求めるのかもしれない。あるいは、そんな劇的な出来事が起きてほしいと願うから、自分は物語を書いているのかもしれないと思った。

話は戻るが、どうして見知らぬ自分に彼は問いを投げかけたのだろう。そんな疑問が湧いたが、有希はすぐに自己完結した。先ほどから、買いもしないのに件の小説を手に持っていたのだ。それに気づかなければ、もしかするとレジを通さずにそのまま家へ持って帰っていたかもしれない。

よく考えれば、とても単純な理由。それでも彼にとって、偶然手に取ったその本に運命を感じてくれれば作者冥利に尽きるなと、有希は心の中でそう思った。

六月にデビュー作が発売されてから、一週間。有希は連日SNSで自分の名前と作品を検索していた。〝七瀬結城〟という、名前も知れ渡っていない作家の小説なんて、正直さほど話題にはならないだろうと思っていたが、そんな後ろ向きの予想は外れていた。ネット上では発売日から『あなたの夢見た世界』の感想がいくつもつぶやかれており、仄かではあるが小さなブームが巻き起こっていた。

「この本を読んで、恋愛観が変わりました」

「明日、好きな人に告白しようと思います」

　等の前向きな言葉もあれば、

「こんなの現実に起きたら気持ち悪いだけじゃん」

　といったような、ネガティブな感想も散見されている。ネット上でいつでも誰とでもつながれる現代は、知らぬ間に話題が話題を呼んで、有希の小説が多くの人に拡散されていた。

　自分の作品がたくさんの人に読まれるのは嬉しいことではあるが、しかし変わり果てた現状を素直に喜べるほど有希の心は図太くなかった。もちろん好意的な感想を見つければ、これからも読者のために頑張ろうと思えるが、作品に対しての批判的なコメントを見つけてしまうと、急激に気持ちが沈んでしまう。

　万人に好かれる小説など、誰にも書くことなんてできない。

　それを頭で理解はしていても、これはかりは素直に受け止めることができなかった。

　これからも作家を続けていくなら、いずれ乗り越えなければいけないのかもしれないけれど。

　大学に入学して、はや三か月が過ぎた。ようやく大学の生活に慣れてきた頃だが、しばらくすると七月の後半には初めての中間試験がある。そのため、そろそろ前期に学習した内容を総復習しなければならない。

有希が大学で専攻しているのは社会福祉学のため、講義で学習する内容は初めて聞くものばかり。中学や高校で習った内容は、あまり参考にはならなかった。そのため、一つ一つ新しく物事を覚えていかなければいけないため、適当に勉強をしてテストに臨むということはできない。

また、福祉領域の学習内容は暗記するものばかりではなく、テストでは記載されている事例を読んで記述を求める形式のものが多くある。しっかりと内容を理解していなければ解けないため、曖昧(あいまい)なままテストを受けるのは躊躇(ためら)われた。けれど普段から真面目に講義を受けているおかげもあり、一からすべてを勉強しなおす必要はなさそうだった。

何事もなければ、テストに対する不安はない。そんな有希の大学生活は、しかし充実しているとは言い難かった。それは今日も一人、学食の隅で焼きさば定食をつついている姿が物語っている。一般的に、学生にとっての四月から五月というのは、今後の命運を決定づける期間だと言っても過言ではない。とりわけ大学生は、サークルの内部や学部の歓迎会があちこちで開かれていて、そこで親しい友人や上下のコネクションができたりすることは珍しくないのだ。そんな機会に、有希は恵まれなかったわけではない。

大学生になってあか抜けた有希は、黙っていても歓迎会やサークルに入部しないかと誘われていたが、そのことごとくを断り続けていた。それは元々内向的な面が強いという意味合いがあったり、興味関心が湧かなかったという理由もある。けれど彼女にとって一番大きかったのは、原稿の締め切りが差し迫っていたことだった。その頃の有希にとっては、原稿の締め切りを守ることしか頭には無く、その後のことなど一切考慮していなかった。

そんな悲しい経緯があり、会話をする知人はいれど、ご飯に誘うような友人のできなかった有希は、今日も一人学食で食べていたのだった。

ガヤガヤと騒がしい食堂。そんな場所に一人でいると、自意識過剰だと思うが周りの視線が気になってしまう。誰かにずっと見られているような気がして落ち着かないため、最後に残った冷めたみそ汁を一気に飲み干す。そんなタイミングで、机の上に置いていたスマホが振動して、驚いた有希は思わず飲んだ味噌汁を吹き出してしまいそうになった。

スマホに表示されているのは、黒川という担当編集の名前。発売してからは特にやり取りがなかったため、話をするのは何週間かぶりだった。有希はその場で電話を取り、声を潜めながら応答した。

「はい、七瀬です」

『お世話になっております、黒川ですー。その後、いかがですか？　ご友人もできて、大学生活も慣れてきましたか？』

いきなり痛い質問をされて悲しくなった有希は、がくりと肩を落とす。友人は一人もできませんでしたと伝えれば余計な心配をされそうだったから、見えもしないのに顔に笑顔を張り付けて元気な声を出すように努めた。

「はい、実は今日も講義が終わったらご飯に誘われてまして」

『お！　若いっていいですねー！　もしかして、彼氏さんとですか？』

「実はそうなんですよーうふふー」

作り笑顔に、心のこもっていないわざとらしい笑い方で、客観的に見て自分でも気持ち悪いなと有希は思った。それならば嘘をつかずに正直に話せばいいのだが、変なプライドが邪魔をして真実を口にはできなかった。

『話は変わりますが、恋人もできて順風満帆な先生に朗報ですよ！　実は、先日発売した〝あなたの夢見た世界〟売れ行きが好調なんですよ！』

連日SNSを監視している有希は、それがお世辞ではなく本当に売れているのだというこことを理解していた。けれど改めてそんな報告を受けても、やはり実感は湧かなかった。自分の周りにある世界は、本を出した後と前で何も変化がなかったからだ。

驚いた反応でも見せれば、作品の編集に携わってくれた黒川も喜ぶと思ったが、こればかりは嘘を付けなかった。その代わりに「ありがとうございます」と、二人三脚で頑張ってきたことに対してしっかりとお礼を言う。

『それでですね、弊社としてもこれから特に売り出していきたいということで、先ほどの会議で重版が決まりました。追加で八千部です！』

「えっ、重版、ですか？」

聞き慣れない言葉を口にしてすぐに、自分が食堂にいることを思い出した。当然のことではあるが、この大学で有希が小説を書いているということを知っている人はいない。面倒事を避けるために、これからも話していくつもりはないため、あらためて声のトーンを落とした。

「重版というと、また新しく刷られるんですか？」

『はい、そうです！』

「……売れるんですかね？」

『そこはもう、安心してください！　こちらも張り切って販促活動を進めさせていただきますので！』

有希の戸惑う姿とは対照的に、黒川はえらく上機嫌だった。自分の作品がさらに世に出回ることを、嬉しく思わないわけではない。けれど、やはり不安を抱く気持ちの方が今は大きかった。発売してからすでにある程度時間は経っているが、未だに慣れない感覚。そればかりか、ネット上ではもう次回作を期待する声が上がっていて、重圧は増すばかりだった。初めての環境で、まだデビュー作を発売したばかりだというのに。

それから黒川は、こちらの機嫌をうかがうように声のトーンを和らげて訊ねてきた。

『ところで、先生の次回作に関してなんですけど』

「……次回作？」

『はい。弊社としても、先生の今後にはとても期待しておりまして。できましたら、なるべく早い段階で出版を、と考えているんです』

懸念していたことを突然提案され、有希の頭の中は軽く白く霞んだ。

『どうでしょう。できればなんですけど、七月の終わり頃にはにはプロットの方を頂くことは可能ですかね？』

スケジュール帳を確認するまでもなく、それまでの日にちに予定が詰まっているのは明白だった。七月の後半には大学の中間試験があるのだ。だから今日も家に帰ってから勉強をするつもりだったし、テストの代わりに出される課題のレポートもそろそろ手を付けなきゃなと考えていた。それだけならまだしも、有希は先月からスーパーでアルバイトを始めている。加えて新作小説のプロットを考えるなんて、そこまで手が回るのだろうかと不安になった。

目先のことが不安だということを、正直に話そうとする。けれど渋っていた有希の声を遮るようにして、まくしたてるように黒川は言った。

『そんなに不安にならなくても大丈夫ですよ、先生まだまだお若いですし。それにほら、もうそろそろ夏休みじゃないですか！　ゆっくり羽を伸ばしながら、小説の方も頑張っていきましょう！』

「……はい」

黒川の熱意に押されてしまった有希は、半ば流されるようにして承諾の返事をしてしまった。今さら取り消す言葉など言えるはずもなく、ならばせめてと思って建設的な質問をした。

「次回作、どんなお話がいいですか？　また恋愛ものとか、趣旨を変えてミステリーとか」

『それはもう、先生にお任せしますよ！　書きたいものを書いてください。七瀬ワールド全開の作品で！』

そんなあやふやな回答が返ってきてげんなりしたのも束の間、これから別件が立て込んでいるのでと話した黒川は早々に電話を打ち切った。まるで嵐が去った後のような疲労感が襲ってきて、空いた定食を横にどかして机に突っ伏す。

テスト、レポート、新作の小説、アルバイト、今後の大学生活。いろいろな単語が頭の中で浮かんでは消え、ぐるぐると回る。頭を抱えているすぐそばの席で「今年の夏はどうしよう。サークルの一年生で親睦を深めるために、海辺のコテージでも借りようか！」などという会話が聞こえてきて、げんなりした気持ちになった。こちとら狭い一室で元気に仕事だよ！と、叫びたい気持ちになったが、無理やり抑える。輝くキャンパスライフを満喫できる日は、まだまだ遠いようだった。

憂鬱な気持ちを抱えながら、空いた食器の乗ったトレーを下げに行こうと立ち上がろうとする。その瞬間、有希は見知らぬ人物に話しかけられた。

「七瀬先生」

有希は思わず、弾かれたように声のする方を振り返る。往来の場で、自分が作家として使っている名前が聞こえてきたのだから、驚かないはずがなかった。

「あ、やっぱりだ」

「……え？」

「七瀬先生だよね？」

そこに立っていたのは、有希の知らない男。背が高く、スラリと伸びる細い脚が黒のスキニーで強調されている。上は白のシャツで清潔感があり、髪の毛も程よくワックスによって整えられている。量産型大学生のような風貌（ふうぼう）の彼を見て、思わず有希は固まってしまった。

「……なんのことですか？」

保険のために、一度しらを切ってみる。けれど彼は立て続けに、質問を投げかけてきた。

「小説、書いてるんだよね。七海さん」

「七海さんって……どうして私の名前知ってるの？」

「だって、僕と君は同じ学科だし」

だからといって、どうして彼は小説を書いていることを知っているのだろう。理解のできなかった有希は「ちょっと、来て」と言ってから食器を下げ、逃げないように彼の腕を掴む。

「え、ちょっと」

有希は焦っていた。どうして自分が七瀬結城だと特定されているのか、心当たりがまったくなかったからだ。余計な身バレだけはしないように、SNSの発言に気を遣っていたはずなのに、どうして。

彼を引っ張って連れて行ったのは、入学式で使用した講堂の裏手にある庭だった。ここならよっぽどのことがなければ人は来ないし、会話を盗み聞かれる心配もない。

有希はその細身の腕を離して、彼を追い詰めるように壁際に立たせた。

「なんで、どうして知ってるんですか」

「待って、怖い怖い」

「脅しているんだから当然です。だから聞かれたことだけに答えてください」

「あぁ、やっぱりこれって脅されてるんだ……」

へらへらと笑う彼に、有希は苛立ちを隠せなかった。先に人がたくさんいる場所で仕掛けてきたのは向こうなのに。状況を面白がっていて、余裕があるように思えるのが余計に腹が立つ。

「とりあえず、そんな怖い顔しないでよ。落ち着こう、今話すから」

落ち着けと言われて素直に落ち着くことなどできなかったけれど、一旦軽薄そうな彼から有希は離れた。念には念を入れて、逃げ出そうとしてもすぐに捕まえることができる程度の距離は保って。彼は話を始める前に、強引に腕を掴まれたことによってできたシャツの皺を整えた。

「僕の名前は、佐倉拓真(さくらたくま)」

「名前なんて聞いてません」

「つれないなぁ」

「早く話してください」

「食堂でカレー食べてたらさ、聞こえてきたんだよ。重版とか、次回作って単語。何のことだろうと思ったんだけど、重版って言葉をさっき検索してみたら、すぐに察しがついたんだ」

「……そんな情報だけで特定するのは不可能だと思うけど」

そんな至極単純な疑問を返すと、彼は不思議そうな顔をして「電話に出るとき、七瀬ですって挨拶してたよね」と、確認するように言った。思わず有希は「あ」と、間抜けな声を漏らす。担当編集からの電話だったから、ペンネームで応答したのだ。つまり、バレてしまったのは自分のせいということ。

「ごめん……ちょっと、冷静じゃなかった」

「みたいだね。でも、仕方なかった面もある」

「……まあそれはそれとして、わざわざ公衆の面前でうら若き乙女が隠してる秘密を口にするのはやめてよ。他の人にバレたら責任取ってくれるの？」

「それは僕もごめん。気になって、聞かずにはいられなかったんだ」

ため息を吐くと、佐倉は誤魔化すように微笑んだ。無駄に笑顔がまぶしく、陽の者の輝きに当てられて、本質的に陰の者である有希は溶けてしまいそうだった。なんだか、顔を見ているだけで疲れる。

少し話してみて、周りの人に言いふらすような人ではなさそうだと判断した有希は

「それじゃ。今度から気をつけてね」とだけ言って、この場を立ち去ることにした。

けれど、彼は慌てたように「ちょっと待ってよ」と言って、有希の細い腕を掴んでくる。

　手を繋いだ瞬間に元カレの記憶が脳裏をよぎった有希は、拒否反応が現れてしまい、全身の毛が逆立った。

「ちょっと！　初対面の人の腕を掴むのはやめてよ！」

「だから初対面じゃないし、さっき人の腕を掴んできたからお互いさまでしょ」

「しんないし」

　佐倉の手を振りほどくように払った有希は、なぜか心臓が早鐘を打っていた。今さらながらに、こんなにも男に免疫がなかったのかと自分に呆れてしまう。

「とりあえず、お近づきのしるしにサインくれませんか？」

「え、もしかして君は私のファンなの？　ファンってわけじゃないけど。最初からそのつもりで近付いてきた？」

「君の本、読んだことないし。ファンってわけじゃないけど。どちらかというと、君に興味がある」

　大真面目に話す佐倉に白けた視線を送ると、人当たりのいい笑みを浮かべてきた。おそらく他の女性ならば、そんな爽やかさから好印象を持たれるのだろうが、有希にとっては鬱陶（うっとう）しいことこの上なかった。

「私、サイン書いたことないんだけど」

「え、ほんと？　じゃあ七瀬先生のサイン一号じゃん」

「だから大学でペンネームで呼ぶのやめてってば。誰かに聞かれてたらどうするの」

それに七瀬結城のファンじゃないなら、書いた本人からサインをもらっても嬉しくなんてないだろう。わかりやすくて白々しいのだ、いろいろと。

佐倉はそれから、ペンを探すために持っていたカバンをあさり始めた。けれどしばらく経ってから、その手が止まる。

「ごめん、今ペンがないみたい」

大学まで来ておいてペンがないなんて、いったい何しに来てるんだよと内心思ったが顔にだけ出して口には出さなかった。

「そっか、それは残念だったね」

「だから、今度あらためてゆっくりお茶でもしよう」

「いつもそうやってナンパしてるの？」

「まさか。本当に忘れてきたみたいなんだよ。作家さんに会えるとは思ってなかったから」

「だからやめてって」

最低限の空気は読める男に見えるから、わざと口にしたわけじゃないと思った。けれど有希は彼に鋭い視線を向ける。その意味に気づいた彼は、申し訳なさそうに辺りを見渡した。

「いや、ほんとごめん。なんて呼べばいいかな」

「もうペンネームじゃなければなんでもいい」

「そういえば、彼氏っているの？」

どうしてそんなことをいちいち答えなければいけないのかわからなかったが、有希は素直に答えた。

「今は、いない」

今はという枕詞を付けるところが、自分の情けなさを強調しているみたいで嫌だった。

「そんな馬鹿な。綺麗なのに」

「それ、口説いてるの？」

「いや？　別に。それじゃあ、迷惑のかかるような相手も居なさそうだし、僭越ながら有希さんと呼んでもいい？」

調子を崩され続けて投げやりになり、「もうそれでいいよ」と呆れ半分で言う。たかが呼称で二人の人間関係が決め打ちされるなんて理論を、有希はかけらも支持していなかったからどうでもよかった。それを気にする人は、所詮他の誰かと違うということに安心感を得たいだけなのだと、冷めたことを思う。

「私は君のこと、名字で呼ぶよ」

「ああ、それで構わない」

変な人だなと思う。向こうも同じことを感じていることが分かるぐらい、自分が変わっていると有希は自覚していた。

「ところで、有希さんのペンネームはわかりやすいから、隠しているなら変えた方がいいと思う。上の名前も下の名前も、本名と似通ってる」

「もう出版してるんだから、今さら変えることができるわけないじゃん」

そう言い返しつつも、もう少しバレにくい名前にしておけばよかったと有希は後悔する。まさか、こんなにも早くに身バレしてしまうとは、想像していなかったから。

しかし彼と別れた後に、有希は講義を受けながら、些細な違和感の正体をふと考える、自分は一度でも、彼に七瀬結城であることを伝えただろうか。電話の時も、名字しか口にした覚えがなかった。しかし彼はフルネームで知っているようなそぶりを見せていた気がする。

けれども、そんな細かなことは、講義が終わる頃には忘れてしまっていた。そんなことよりも、知られてしまったという事実の方が有希にとっては大事なことだったから。

その翌日の昼。バイト先のスーパーで余った茶色の惣菜を弁当箱に詰めただけという、華の女子大生とは思えないようなおかずとご飯を平らげた有希は、空き教室へ向かって黒川に電話をかけた。昨日の夜に新作について思考を巡らせたが、テスト期間が差し迫っていることと、やらなければいけないレポートに気を取られて、進捗が芳しくはなかったのだ。

これまでならば、新作のアイデアは案外すんなりと降ってきていたのだが、今回は違ったらしい。どうやら焦れば焦るほど、自分は思考が行き詰まるのだということを有希は知った。

自分のペースで書いていたこれまでとは違って、仕事としてしっかりと締め切りが切られるからだろう。だから編集者の黒川へほんのささやかでもと思い助言を乞うてみたが、期待した結果は得られなかった。曰く、『七瀬先生は作家デビューする前に、ネットに小説を掲載していたから、そちらを参考にしてみてもいいかもしれません』とのことだった。残念だったが、有希は早々に電話を打ち切った。

ネットに上げていた小説は、もちろんすべてが自分の中で納得のいく作品だった。けれどあそこにあるのは、一度は新人賞に落選したものばかりで、これまでどこの出版社の目に留まることもなかったものだ。そんな作品群を、たとえ初めから構成しなおしたとして、デビュー作を好きだと言ってくれた人が満足してくれるのだろうか。

有希にそのような自信はなかった。

結局、今までの自分が書いてきたものとは違う毛色のものを書いてみようと思い立ち、勉強の合間を縫って新作の要素をノートへまとめていった。たいていの場合、深く知らないことはしっかりと文献などを調べて読み込まないと執筆することができない。なんとなくのイメージで書いたとしても、きっと読者の方に見透かされてしまうからだ。以前まで高校生だった有希は、まだ世界が自分の歩ける範囲までしか広がっておらず、その先に一歩踏み出すことに躊躇いを覚えていた。

自分の普段買う小説が、そんな有希の心を如実に表している。いつも恋愛小説ばかり読んでいて、新しい場所へと冒険したりしない。

だから、自分がよく知っている範囲のこと。つまり、主人公が高校生の物語をメインとして書いてきた。けれど小説家としてデビューした今ならば、少しだけ遠くを見てもいいのではないかという気持ちになっていた。

初めて一人で県外へ出て、初めてアルバイトをして、流されながらも大学生活を送ることができている。そんないくつもの初めてを経験してきた有希は、これまでの彼女より少しだけ積極的になれているような気がした。今まで書いてきた、有希の思い描く理想の恋愛ではなく、大人になる前の少しだけ現実を見据えるようになった、そんな恋愛。

果たして高校生の頃と比べて、今の自分の恋愛観は変化したのだろうか。あの頃を思い返してみて、一つだけ明確に変わったことはあった。それは恋人に求める条件として、『浮気をしない』が加わったことだ。

そうは言いつつも、初めて付き合った相手が浮気したことを当時は許せないと思っていたが、今はそれほど根には持っていなかった。不思議なことに時間はそういうネガティブな感情を解決してくれるようで、いちいち思い出して沸々と怒りが湧いてくるようなことはなくなった。それに振り返ってよく考えてみれば、自分よりもそれ以前に付き合っていた女性の方が精神的に辛いだろう。自分は単なる浮気相手で、付き合っていた女性は真に浮気をされた側なのだから。そんな彼女が幸せだったのか、事情が分かるはずもない有希には知る由もない。その後二人がどうなったのかも、もちろん知らない。

「浮気か……」

そんな不誠実な単語をふとつぶやいてみると、次の小説の題材にしてみてもいいかもしれないと思い立った。登場人物を大学生にするということは、それからすぐに決まった。今の自分が一番想像しやすいからだ。しかし、終始単なる男女の浮気模様を描いてしまえば、読者にとっても気分のいいものではなくなるだろうから、一つだけ、浮気をしても仕方がないなと思えるような要素を入れなければいけないと考えた。心の奥底で納得はできないけれど、自分が一番理解できて許すことができるそんな理由。

これは、例えばの話だけれど。その別の相手が傷付き憔悴していてどうしようもなくなっていたとき、大切なものを見捨てても助けてあげたいと思えるような相手だったら、あるいは自分は許してしまうのかもしれない。

いつの間にか、新作の骨組みは出来上がっていた。


大学での初めてのテストは、有希の懸念していた思いとは裏腹にまずまずの結果で終わった

そんな今回のテストも、焦らず取り組んでいるつもりではあった。けれど、アルバイトのシフトで突発的な体調不良が重なって出勤をお願いされたり、新作の小説を考えなければいけない事情があったりで、満足に勉強ができたかと言われると自信はなかった。

そして肝心の新作小説だが、こちらは困ったことに行き詰まってしまっていた。骨組みが出来上がったとはいえ、それ以降の進展があまり見られなかったのだ。登場人物の設定は固まったけれど、物語の中のイベントが思い浮かばなかったり、結末はどのように締めくくるのかが未定だった。焦りの気持ちは段々と表面化していき、そんな状態のまま約束の七月後半へともつれこんだ。一応、まだ未完成であると断りを入

れて黒川にプロットを送信したけれど、正直怒られることを半ば覚悟していた。

　翌日、部屋で黒川からの電話を、有希は身構える気持ちで取った。けれど驚いたことに、電話の向こうの相手は語気を荒げているようなことはなく、至って平然としていた。

『新作のプロット、さっそく読ませていただきました。いやあ、デビュー作の時とは打って変わって、こちらのお話もいい感じに仕上がってきてますね！』

　予想していた反応とは真逆のものだったから、有希は戸惑う。

「あの、まだ肝心の中身が未完成で、あまりいい案が思い浮かばないんです……」

『そこはもう、現役大学生である七瀬先生の腕の見せ所ですよ！　若い読者からも共感を得られるような物語で考えていきましょう』

「えっと、ラストは……」

『そうですねえ、やっぱり最終的には浮気相手と結ばれる方が、本物の純愛っていう感じがしていいのではないかと思いますよ』

「でもそれだと、選ばれなかった方は報われません。不幸せになる気がします」

『それは仕方ないんじゃないですかね。幸せになる人もいれば、必ず不幸になる人もいますから。表裏一体って感じがします』

　そんな考えは、正直言って悲しいなと有希は思った。幸せだと感じているすぐそばに、いつでも不幸が転がっているなんてことを考えるのは、あまりに残酷なことだ。たとえ世の中がそんな事実で回っていたとしても、小説の中でくらい幸せな結末であってほしい。

今まで深く考えてこなかったことだけれど、自分はそんな夢のような物語がそこにあることを願って、小説を書いているのかもしれないと気づいた。だから一度は不幸を感じた主人公やヒロインも、他の登場人物と同じく最終的には幸せになってほしい。この気持ちは何としてでも譲れなかった。

電話を終えた有希は、再びパソコンの前に座って物語の続きを考えた。誰もが幸せになるような、そんな結末を書くために。けれど、未だ人生経験の浅い有希には、心の底から愛していた人物を諦め、すべて忘れて他の人を好きになるという選択をできるものなのか、わからなかった。そんな未来は、存在するのだろうか。自分の書く言葉が、薄っぺらなもののような気がしてならなかった。

それから次の日に、有希の元に黒川からメールが届いた。できれば新作は十一月刊を目指したいから、八月の終わりには原稿を貰えないかという提案だった。大学は夏休みに入るから大丈夫だろう。そんな判断をしているのかもしれないが、有希には期日までに書き終える自信がなかった。しかし結局押し切られてしまったことで、はいと頷かざるを得なかった。

アルバイトをしながらパソコンと向き合う時間が続いたある日、アパート入り口の集合ポストに郵便物が届いていることに気づく。築年数自体が古いため、ポストの建付けも悪く、鍵すらついていない前時代的なポスト。「もし不安だったら南京錠を買ってきて、自分で鍵を付けてくださいね」と大家に言われていたが、結局買いに行けずに有希は今に至っている。届いていた郵便物は、星文社からのものだった。

部屋に戻って開封してみると、それは『あなたの夢見た世界』の印税の額を通知するものだった。そこに記載されている大きな数字は、今の有希にとっては喜びというよりも重荷でしかなかった。未だ学生の身分である有希は、自分がこれだけの働きをしているとは到底思えなかった。一緒に別の封筒も届いていて、その中身は重版をした際に配布される『あなたの夢見た世界』の見本誌だった。

同日、アルバイトを終えて帰り支度を済ませた後、事務所にいる店長のところへ行き、辞めたい旨を正直に伝えた。そんな有希の表情がとても思いつめていたからか、店長は退職ではなく休職をすすめてくれた。

「こちらとしても、戦力である七海さんがいなくなるのは痛手だし、一人暮らしの大学生だから生活費もいるだろう。だから、いろいろ落ち着いた頃に、もしまたうちで働きたいと思ったら、ここに来なさい」

そんな感謝しかない温かい言葉を久しぶりに誰かから貰った有希は、アルバイトからの帰り道、自分のふがいなさで涙を流した。

今まで有希は、自分の作品を何度も分析しながら書いていたが、実際に執筆をしている時は感覚で行っている側面が強かった。しかし、なぜか今回だけは違っていた。文章をパソコンへ打ち込んでいる時、頭の中で何も映像が浮かんでこないのだ。いつもなら、事前に考えたプロットを登場人物が無視して動き出すこともあるというのに。

どうしても筆が進まず、苛立ってきた気分を変えようと思い立った有希は、出版社を経由して送られてきたファンレターを読んで心を鎮めることにした。嬉しいことに、作品を読んだ人からの手紙が十通ほどこれまでに届いているのだ。そのどれにもしっかりと目を通して、勇気をもらっている。この人たちが応援してくれているから、これからも小説を書いていていいのだと励みになるのだ。

手紙は中学生の女の子が送ってきてくれているものもあり、初めて届いたとき有希は心底驚いていた。自分の中学生時代を想像してみて、真っ先に浮かんだのは趣味のない平凡な女の子で、たとえ好きな小説があったとしても、積極的に出版社へ応援の手紙を送ろうなどとは露ほどにも思わなかっただろうから。しかしそういえば、高校生の時に自分は同じ経験をしたのだということを思い出す。一度だけ、成瀬由紀奈という作家に手紙を送った。送ったというよりも、学校で書いた読書感想文を一方的に送り付けたという表現が正しいけれど。

しかし実際に成瀬先生から『君の小説が同じ棚に並ぶのを楽しみにしているよ』という短い手紙が返ってきた時、心底嬉しかったことは今でもすぐに思い出すことができる。あの日から、運がよかっただけではあるけれど、小説を出版することができた。そのことを、先生に報告してもいいのではないかと考えたが、すぐにまだやめておこうと思い直す。これからも小説を書き続けられるのか、わからないからだ。もし報告をして、一冊や二冊出した程度で終わってしまったら、とても恥ずかしい思いをしてしまう。今の目標は、成瀬先生と同じ棚に並ぶということなのだ。それはつまり、先生の目に入るほど人気になるということ。だから、自ら送るというのは格好が悪いのだ。

それからも有希は、今までに読んだ手紙を読みなおしていた。そうしてふと、最近届いたものでまだ読んでいない手紙があったことを思い出した。ちなみにファンレターというものは一般的に、安全確認のために一度は編集者の目が通ることになる。だから封筒はすでに開封されていた。有希はせっかくだからと思い、封筒の中の手紙を丁寧に取り出す。

その手紙は、どうやら高校生が送ってきたもののようで、有希の小説を読んで感動したという感想が書かれていた。手紙の最後は、〝自分も小説家になって多くの人の心を動かせる人になりたいです〟と締めくくられている。まるで高校生の時の自分だなと懐かしく思った有希は、その手紙の内容に少し涙した後、買い置きしてあったレターセットに〝君の小説が同じ棚に並ぶことを楽しみにしているよ〟と書いて、近くの郵便ポストへ投函してきた。

いつかどこかで、小説家になった彼と会うことがあるかもしれない。そう思うと、こんなところで凹んでてはいけないなと気分を転換することができた。たとえば彼が小説家になった時、自分がそこにいなければ格好が悪すぎる。だからそれまで、なんとしてでも頑張らなければいけない。自分が真似した手紙を送ってきた先生も、こんな風に同じことを思っていたのかもしれない。有希はまた一つ、自分がここにいる意味を見出せたような気がした。

あれから瞬く間に月日が過ぎていき、ついに最初の原稿の締め切り日がやってきた。なんとか形にはしなければいけないと思った有希は、書けないということを言い訳にせず、生活リズムや毎日の栄養その他諸々を犠牲にして原稿に向き合った。けれど、遂にどうしても納得のいくラストを考えることはできなかった。どうすれば、みんなが幸せになる未来を描くことができるのか、有希にはわからなかったからだ。

そんな悩みを、正直に電話で黒川に相談した。来年には二十歳になるが、まだまだ人生において若輩者である有希には、その答えが分からなかった。

質問をしてから黒川は少しだけ悩んだ後、あっけらかんとした語調で言った。

『では、こうしましょう。振られたもう一方の女の子に、新たな恋の相手ができる。そんな展開を匂わせて、物語を締めくくるのはどうでしょうか？　読者の方にも想像の余地がある終わり方ですし、綺麗だと思いますよ！』

そんな提案で、抱えていた悩みが払しょくされるはずはなかった。それは、あまりにも無責任なことではないかと思った。最後に、とって付けたような幸せを、彼女の前にぶら下げるなんて。

彼女は彼のことを愛していたのだ。そんな彼女が、また別の人をすぐに好きになるなんてありえない。この一か月、心血を注いで向き合ってきた有希には痛いほどその気持ちが理解できた。けれど他の代案が今すぐに思いつくかと言われれば、そんなはずもなかった。そのように否定ばかりして代替案を出せない自分のことが、とても情けないと思った。

あと一日だけでもいいので、考えさせてください。そう提案すると、黒川は渋々といった風だが了承してくれた。けれど一か月悩み続けた答えが残りの一日で出るはずもなく、結局有希は彼女のその後を匂わせたりすることなく、まるですべてが丸く収まったハッピーエンドのように物語を締めくくった。結局のところ、彼女を不幸にした責任を取ることができなかったのだ。

その小説の中に生まれ落ちてしまったのは、周りが幸せなら自分の幸せは望まない、まるで菩薩(ぼさつ)のような彼女の姿だった。あらためて、自分のふがいなさを痛感した有希は、それでもその生き方は綺麗なのかもしれないと思った。自分が幸せになって、他の誰かを不幸にするぐらいなら、自分で背負った方がいい。そんな排他的な思いが、心の内側にへばりついて離れなくなった。

しばらくしてからまた大学が始まり、同時に新作の改稿作業を有希は進めていった。デビュー作の時に一通りの作業に慣れたため、大学生活と並行していても余裕を持って取り組むことができたのは幸いだった。けれど一つだけ最後まで気にかかったのは、物語の結末に関して、だ。改稿作業をしているうちに新しい案が出ないかと思ったが、そんな都合のいいことは起きなかった。結局、初稿のまま彼女は不幸になってしまった。

現状、二作目の発売が控えているが、驚くことに有希のデビュー作は未だに書店で平積みされて売られていた。口コミで中高生の間で広がっていき、現在の総発行部数は五万部。順当にいけば、十万部に届くのではないかという勢いだった。しかし読者の母数が増えていけば、否定的な意見も増えていくのは当然のことで、ふとした時に小説のよくない感想をネットで見つけ、気分を沈めてしまうことが増えてきた。それならば見なければいいだけなのだが、中には応援してくれる声もたくさんあるため、すべて目をそらすということはしたくなかった。

そうして待ち望まれていた七瀬結城の新作である『いまさら愛してるって言われても。』は、十一月に発売された。いつの間にか肌寒い季節が到来していて、Tシャツの上にパーカーを着込んだ有希は、デビュー作が発売した時と同じように書店へと向かった。

有希の新刊は、数か月前に発売されたデビュー作と一緒に並べて売られており、売り上げが期待されているのか以前より多くの数が仕入れられていた。こんなに置いてしまっていいのだろうかと不安になったが、すでに何冊か売れている痕跡は見受けられた。

本来ならば喜ぶべきところではあるが、自分自身がどこか冷めた心で見ていることに気づいていた。その理由は、今さら説明する必要もない。

売られている本を手に取って最後の方までページをめくり、それから深くため息を漏らした。落ち着いて読み直せば、この終わり方も自分の中で許容することができるかもしれないと思ったが、そんな都合のいい解釈はできなかった。脱稿した時の自分の気持ちが変わることはなく、不完全燃焼で終わってしまったのだと自嘲する。そう思うと、この作品が未完成品のように見えてならなかった。

そうやっていつまでも落ち込んだ気分のまま立ち尽くしていると、学生服に身を包んだ高校生ぐらいの女の子二人が、棚にある目当ての本を探している様相でふらふらとこちらへやってくる。その女の子の一人が有希の目の前で立ち止まったかと思うと、ようやく見つけたと言わんばかりの笑みを浮かべて友人を手招いた。

「こっちきて、新刊置いてあった！」

その女の子が手に取ったのは、有希の書いた新刊だった。最初に見つけた女の子が財布の中身を確認して、「この日のためにお金を貯めておいてよかった！」と言い安堵する。しかしもう一方の子は、「リクエストして待てば、図書室に置かれるかもよ」と提案した。けれどこの本は、もう自分のものだと言わんばかりに大事そうに抱きしめて、「そんなの待ってられるはずないよ」と言った。

有希にとってもわからなくはない感覚に一人で頷いていたが、言われた方の女の子は釈然としない風だった。どうやら彼女は付き添いで来ただけのようで、友人の目的が達せられると、いの一番に「そんなことより漫画コーナー行きたい」と言った。まったく興味のなさそうな姿にむくれていたが、すぐに引っ込めてまた二人で向こうへと歩いていく。

「それ、読み終わったら私にも見せて」

「興味ないんじゃないの？」

「香澄の好きな本だから、興味ないことはないよ。なんだっけ、『あなたの夢見た世界』。あれ何回も読んでるし、そっちも貸してよ」

「図書室で借りればいいじゃん。というか、買いなよ悠。新刊の横にたくさん並んでたでしょ？」

「別に貸してくれたっていいじゃん。ね、お願いだから！」

「わかった、わかったから。その代わり、面白かったらこっちの新刊は自分で買うこと！　借りてばかりじゃ作者さんに失礼だよ」

「そんなの聞こえてないし、知りもしないから大丈夫だって」

　それから漫画コーナーへ向かうために角を曲がっていったところで、彼女たちの会話は聞こえなくなった。終始微笑ましい会話をしていた彼女たちのことを、若いっていいなぁといつの間にか遠い目で見つめている自分に気づく。大学に入学してから一年も経っていないのに、高校生を相手に若いなと感じる自分のことを少し情けなく思った。

　一年前はまだ学生服に身を包んでいたという事実に、なんだか不思議な感覚になる。それを思うと、自分も大人になったんだなと感慨深い気持ちになるけれど、きっとそれは真実ではなく、単に背伸びをして大人のふりをしているだけなのだ。たった半年やそこらで、成長するはずがないのだから。

　今回も自分の本が目の前で買われ、もちろん嬉しいなという気持ちを抱きはしたけれど、それ以上に彼女たちの抱く本の感想に不安を覚えた。作者だから分かることだが、一作目と二作目では物語の方向性がまるで違う。絶賛してくれた人が、果たして次も面白かったと言ってくれるのだろうか。もし落胆させてしまっていたら、せっかく貯めておいたお金を使わせてしまったことに大きな責任を感じてしまう。そんなことは、いくら考えても仕方のないことなんだろうけれど。

　こうして自分の作品が形となって出た今、もはや読者の反応を信じて待つしかなくなってしまった。せめて、精一杯胸を張って自分の作品を送り出すことができれば、この不安な気持ちも少しは払しょくできたのかもしれないけれど。

　しかし、有希の懸念していたことは、それから悪い方向で的中してしまうことになる。デビュー作のネットにつぶやかれていた感想は、好意的なものが七割で、残りが否定的なもので占められていた。けれど新作が発売されて一週間、好意的な感想よりも否定的な意見が目立ち始め、その中でも特に顕著(けんちょ)だった感想が〝七瀬結城にこんな話は期待していなかった〟だった。

「前作のような明るく前向きな話を期待していたのに、そうじゃなかったのが期待外れ」

「新しいジャンルを追い求めるあまり、難しい題材に手を出して収拾が付けられなくなっている」

「物語の整合性を取る必要のために、振られてしまった女の子にすべての不幸をかぶせてしまっていてかわいそうだった」

「こんな話を、この作家には求めていない」

　そんなありあまるネガティブな意見を、有希は暗い自室でスマホ越しに呆然と見つめていた。悲しいことに、それがぐうの音も出ないほどの正論に満ちていたから、何かを言い返す気力すらも浮かばなかった。元から言い返す権利なんて、与えられているはずがないのだけれど。

　もちろんそんなネガティブな感想で溢れている中にも、作品を肯定する意見がちらほら見受けられたが、素直にそれが有希の目に入ることはなかった。薄暗闇の中にぼんやりと光るスマホの画面を消すと、疲れたように床に寝転がる。

「私が、読者のみんなを裏切っちゃったんだ……」

　あんなに私生活を犠牲にして書き続けたのに、結局はこんな結果に終わってしまった事実にやるせなさを感じた。また新しく物語を考えようという気力も湧かなくなって、現実に目を背けるように瞳を閉じる。

しばらくそうしていると、メールの受信を知らせる音がやけにうるさく室内に響く。再びスマホを開くのも億劫だったが、仕方なく手元に手繰り寄せて受信箱を確認した。メールの相手は、担当編集の黒川だった。

《新作の初速はデビュー作には及びませんが、まずまずの結果です。一緒に置かれている『あなたの夢見た世界』も相乗効果で売れていて、こちらはまた重版が決まったことをお伝えさせていただきます！　これから三作目に向けて、また一緒に考えていきましょう！》

そんな励ますようなメールに対する返事に悩んだ有希は、《三作目のことは、少し考えさせてください》とだけ打って返した。今は、次を考えることなんてできなかった。

一度や二度の失敗でこんなにも必要以上に落ち込むなんて、やはり自分は作家に向いていないのだろうなと自嘲する。けれど、これまで積み上げてきたものを手放すような選択を簡単に取ることもなんてできなくて、どうしようもないジレンマに陥った。

結局有希は、それからしばらくの間小説を書かなかった。小説を書くために愛用していたノートパソコンの前に座ることも躊躇われる日々が続き、長い冬を終えた頃にはいつの間にか部屋の隅でほこりをかぶっていた。

また新しい春が来て、この鬱屈とした気持ちが晴れることを期待することもあったが、桜が咲いても隙間から陽光が差すようなことはなかった。有希はいつまでも、ふさぎ込んだままだった。

＊＊＊

さすがにいつまでもカフェに長居するのは躊躇われたため、区切りの付いたタイミングで場所を移すことを後輩に提案した。内心どこか腹立たしさを抱えていそうな表情を浮かべていた彼女は、頷いて眼鏡を外す。

お手洗いに行きますと言って席を外しているうちに、伝票を持って行き会計を済ませた。出口の付近で待っていると、小柄な彼女がテクテクとやってきて「すみません遅くなりました」と律儀に謝ってくる。

「ところで、会計おいくらでしたか？　レシート見せてください」

私が何かを言う前に、彼女はポシェットから四つ折りの財布を取り出した。

「君は本当に生真面目な性分をしているね」

「それって貶してます？」

「褒めてるんだ。かわいげがあっていいと思うよ」

「二十歳超えてるのにかわいげがあるって……やっぱりそれ馬鹿にしてますよね」

不服そうに唇をとがらせる姿に、けたけたと薄く笑う。社会人としては生きづらそうな性格をしているけれど、それも彼女のいいところだと思って特に何も言わないことに決めた。前にならえで無理やり古い慣習のようなものに慣れさせるよりも、自分が正しいと思うことを選び取って生きていく方が、その人のためになるからだ。もちろん、誰の目から見ても間違っていると感じることは、その都度指摘するようにしているけれど。

「それじゃあ、今からファミレスに行こう」そう提案して、「その時の会計を君に任せるよ」と伝えると、素直に納得して財布をポシェットの中へと収めた。

付近のファミレスへ向かうため、街路樹の下を小さな後輩のペースに合わせて歩いていく。信号待ちの最中、何も考えずなんとなしに人工的なビルのてっぺんを見つめていると、隣を歩く彼女が特に前振りもなく会話を再開させた。

「有希が潰れたのは、身勝手な大人のせいだと思います」

まるで傷付いた友人をかばうかのように、彼女はそう話す。私は何も話さないことで、続きの話を促した。

「担当の編集者さんは、作品のことを第一に考えていて、ちっとも彼女のことを考えていませんでしたから。無理なスケジューリングだったから、あの結果は仕方なかったと思います。例えばもっと時間があったとしたら、違う答えが出ていたのかも」

横断歩道の向こう、赤色を示していた信号機が、ぱっと青色に変化した。同じく信号待ちをしていた人たちが歩き出し、それにつられるようにして歩き出す。

「なるほど。君はそう思うんだね」

「きっと、誰だってそう思いますよ」

「残念だけど、私は君と同じ意見ではないよ」

どうしてですか、と抗議するような視線を彼女はこちらへと向けてくる。確かに有希には同情できる余地がないこともない。けれど彼女には、言い逃れのできない致命的な欠点があるのだ。

「無理なスケジュールを提案することは、もちろん推奨されることではないが、すべて最終的に同意したのは有希の方だ。現実的に無理だと思うなら、最初から異を唱えればよかったんだ。頑張ったけどやってみたらできませんでした、なんていうのは社会人には通用しない言い訳だよ」

流されるままに生きてはいけない。つまるところそういう部分が欠けているのだと伝えたが、彼女はおそらく本質的な部分は初めから理解できている。間違っているこ とは間違っていると素直に抗議するし、最近の若者にしては珍しく自分の意見をハッキリと述べるからだ。そうやって自分の信念を曲げてまで彼女の肩を持つのは、単純に同情しているからに他ならない。そういう時は、得てしてかしこい頭も鈍化してしまうものなのだが、彼女は同情をするだけで思考を終わらせたりはしなかった。

「……でも、有希は作家としてデビューしたばかりです。断ったり、厳しいと言ってしまえば、仕事がなくなるかもと考えるのも、当然のことだと思います。そういう言葉にできない思いを、作品の中に関わらず外でも汲み取ってあげるのが、私たち編集者の仕事なんじゃないですか？」

彼女のことを、大人ぶっているだけでまだまだ子供なのだと勝手なレッテルを貼ってしまっていた私は、自分の中での評価を変えなければいけないと思った。彼女は、いい意味で青臭いのだ。

「きっと、君みたいな考えをする人が有希の編集者だったら、一度潰れるようなことはなかったのかもしれないね」

成果を追い求めてしまうばかりに、事情を考えずに要求を通そうとしてしまうのは、仕事においてよくあることだ。この後輩は、将来作家に寄り添ういい編集者になるかもしれないと、そんな期待を抱く。

「そういえば、君も私に書けと強要してきたけれど、有希の肩は持つんだね」

「あれは、本当にすみません……後先考えていませんでした」

それからしばらく歩いてファミレスに着き、各々で食べたいものを注文した。お昼時だったため、私はミートソースのパスタを。後輩はチーズのたっぷりかかったドリアを注文する。それを食べ終わったあと、適当に飲み物を注文して再び彼女は分厚い原稿に手をかけた。

「そういえば、ヒーローっぽい人が出てきましたけど、まだまだ絡みが薄いですね。そろそろ、また出てきてもいいんじゃないんですか？」

「安心してくれ。これからだよ」

そう、これからなのだ。この物語が動き始めるのは。言うなれば、ここまでの話は単なる前振り、いわゆるプロローグに過ぎず、今から始まるのが本編だ。有希の人生は、これから始まると言っても過言ではない。

物語の中の彼女を想像しながら、期待を込めた面持ちで続きのページを開く。果たしてこの物語を、目の前の彼女はどう感じるのだろう。そんなことを考えると、少しだけ心がすくむ音が鳴った気がした。

扉の先の、世界を歩む。

長かった冬が終わりを迎え、四月が始まろうとしているこの街で、有希は三度目の春を迎えていた。陽光が白いカーテンの隙間から差し込んできて、今日も昼間まで寝てしまったことを察した。もうすぐ大学が始まろうとしているから生活リズムを戻そうと努力しているのに、それがもう何度も空振りに終わっている。せめて夜までは起きていようと、カーテンを開いた。

窓の向こうに見える木々が、いつの間にか桜のつぼみを付けている。一週間後に開花するであろうその桜を見ていると、ふと二年前の自分を思い出した。不安な気持ちを抱えてこの街にやってきた有希は、新生活を整えることや大学生活を楽しむことをすべて後回しにして、小説を書くことに時間を費やした。仲の良かった梓とは忙しくて連絡の取れない日々が続き、いつの間にか疎遠になってしまった。明日返事を返そう。そんな決意が何度も繰り返されたある日のこと、さすがに今さら返すのは申しわけないと思って、考えるのを辞めてしまった。

その犠牲にしたものと釣り合うほどの喜びがなかったかと言われれば、それはもちろん嘘になる。一作目を出版したあの時、有希は多くの人の心を動かすことができて、学校での学びよりも大切なものを得られた気がしたから。けれどそんな喜びは、二作目の発売と共に綺麗に霧散した。

今でもすべて自分のせいだと責め続ける有希は、あれから一文字も小説を書いてはいない。幸せだった多くの人の心を、自らの手で不幸なものへと塗り替えてしまったからだ。

期待外れだった。この作家の書く小説の登場人物が、心底気持ち悪い。そんな心ない言葉が、いつまでも有希の心に刺さって抜けなかった。デビュー作を出す時お世話になった黒川とは、何度かメールを通じてやり取りをしている。けれど、生活が落ち着いたらまた書き始めると言ったきり、有希から次回作の提案は何もしていない。次の作品について、未だに何も浮かばなかったから。

明日には心も癒えて、再び書き始めることができるかもしれない。そんな根拠もない期待を毎日抱き続け、毎日自分の期待を裏切り続け、勝手に一人で心を摩耗させる日々だった。もし叶うのならば、誰かこの私を出口の見えない暗闇から救い出してほしい。そんな願望を心の中で唱えても、都合のいい相手など現れることはなかった。

いつまでも部屋に閉じこもっていたら、余計に嫌なことを考えてしまいそうだったから、ひとまず有希はアパートの一階へと下りて郵便物の確認に向かった。ジャージ姿のまま、伸びてきたはねた髪だけを整えて自分の部屋のポストを確認すると、鍵を付けていない建付けの悪い扉が半開きになっていた。中を確認すると、興味のないアルバイトの情報誌等が入っていた。それを回収してから、いい加減このポストに鍵を付けなきゃなと思う。それを初めて考えた時から、かれこれ二年経っているのだから、後回し癖がどうしようもない。

自分の部屋のある二階へと戻ろうとしたところで、アパートの前に引っ越し業者の名前の入った小さめのトラックが停車したのが見えた。誰か、ここに引っ越してくるのだろうか。どんな人が越してくるのだろうと興味を抱いたが、ジャージ姿を初対面の人に見られるのはなんだか気が引けたため、そそくさと階段を上がって部屋へと戻った。戻ってから気づいたことだが、このアパートで空き部屋になっているのは、自分の住んでいる隣の部屋だけだった。

それにしてもこんな時期に引っ越してくるなんて、同じ大学生なのだろうか。そんなことをふと考え、だとしたら四月まで日にちはあまり残っていなかった。ここへ越してきたばかりの自分のことを思い出し、いろいろと大変だった苦い思い出が蘇ってくる。もし一人で荷ほどきをするなら、それはなんだかかわいそうだなと内心思った。だからと言って見ず知らずの自分が助けるのも警戒されそうではあるし、そもそもの問題として荷ほどきは疲れる。

気づけば隣の部屋でガッサゴッソとダンボールを開ける音が聞こえてきて、有希は布団の上に横になった。寝よう。けれども、やっぱり大変だろうなという心配の気持ちはぬぐえなくて、自分の筋肉痛と引き換えに隣の入居者が明日からゆっくりできれば、それはその人のためになるだろうなと思った。それにこうやっていつまでも言い訳を探しているから、いつまでも自分は変われないのだと鼓舞して、無理やり立ち上がった。

最低限の身だしなみを整えて外へ出て、開いているドアから隣の部屋をこっそりと覗き込むと、若い男の子が必死にダンボールの中から小説を取り出していた。その姿を見て、自分と同じだと再び記憶を重ねる。本がたくさんあっても邪魔なだけだから、実家においてくればいいのに。それなのに持ってきたのは、それだけ本が好きなのだろう。もしかすると、良き友人になれるかもしれないと有希は思う。

それから少し考えて、どうせなら一人暮らしの先輩であることの威厳を見せたいと有希は考えた。それに初対面が一番大事だから、こいつはできる年上だなと評価が上がれば、今後も頼りにしてくれるかもしれない。あまり頼られるのは、本当は好きではないけれど。

有希は、自分の思う大人なキャラを頭の中に刷り込む。イメージしたのは、数年前に一度だけ会った成瀬先生の姿。少しばかりの勇気を振りしぼって、彼女は自分らしくもないことに挑戦した。

インターホンを鳴らすと、彼が反応してこちらを振り返る。有希は「手伝ってあげるよ、少年」と言い、彼の返事を待たずに部屋へと上がり込んだ。馬鹿みたいに驚いた表情を向けるが、気にせずに隣へしゃがみ込み、ダンボール箱の中身を覗き見る。

そこにはアホみたいな量の小説がずっしりと敷き詰められていて、素直に帰りたいと思った。

けれど有希のそんな後ろ向きな気持ちを引き留めたのは、その本の中に〝七瀬結城〟の小説が見えたからだった。予想していなかった事態にこちらが驚き、思わず素の反応を見せてしまいそうになるのを必死に抑える。

「私は隣の部屋に住んでいる七海有希だ。以後よろしく」

「あ、よろしくおねがいします……たかなしあきらです」

「たかなし……鷹がいない方の漢字かな？」

「高いに果物の梨です。下は、秋に良いで」

「高梨秋良(たかなしあきら)くんか。なるほど」

名前を確認したところで、有希は散乱しているダンボールの中身に目を向けた。中にはこれでもかというほど小説が詰め込められていて、自然と笑みがこぼれる。作家にとって、小説は宝だ。いわばこのダンボール箱は宝箱のようなもので、中を取って他にどんな小説があるのか確かめてみたくなる衝動に駆られたが、そんなことをしていたら日が暮れてしまうと思って自制した。

「あの、手伝わなくてもいいですよ。申し訳ないですし……」

「そうか、申し訳ないか」

　申し訳ないと言われた有希は、一度手を止める。正直手伝う義理も恩もないから、挨拶だけして帰ってもよかったけれど、それはそれで当初の目的から大きく外れてしまう。端的に言うと、仲良くなるための恩が売れないのだ。だからここは、素直に従わず自分の欲望を優先させることに決めた。

「それじゃあ、終わったらアイスを奢ってもらうことにしよう。私はゴリゴリくんが好きだ」

「安いですね」

「それは私が安い女だということか？」

「いえ、そう意味じゃなくて！　もっと、値の張るものでもいいんですよ？」

　それからお礼と引き換えに、部屋を手伝う取引を結ぶことに無事成功した有希は、腕を組んでダンボールの散らかる部屋を見回しながら考える。あまり物欲がないから、何かほしいものと聞かれて即座に答えられないのが今の悩みだった。

「それじゃあ今回はダッツで手を打とう」

「やっぱりアイスなんですね」

「好きなんだよ、甘いモノ。作業をしていて疲れた時に食べたら生き返る」

　結局少しお高めのアイスで手伝うことの許された有希は、軽くコミュニケーションを図ることにした。

「高梨くんは、大学生？」

「はい。四月から北峰大です」

自分の通っている大学の名前が出たことに、有希は一瞬固まる。嬉しい気持ちを、心の奥で必死に抑えた。

「北峰か、遠いな」

「バスで通うつもりなんです」

高梨に自分の通っている大学も北峰だと教えてもよかったが、有希は黙っていることにした。こういう秘密は、ある日突然明かされた方がインパクトが大きいからだ。

「七海さんは何の仕事をされてるんですか？」

「仕事はしていない。普通に大学生だ」

普通に社会人と思われたことに、有希はむっとする。この数年、ストレスで一気に老け込んでしまったのだろうかと自分のことが不安になった。だからそこは、高校生だと思いましたと言ってほしいところだ。高校生が一人暮らしをしているわけがないけれど。

同じ大学だと言いたくなかった有希は、変に詮索されたりしないように「この小説は作者ごとに並べればいいのかい？」と、強引に話を変えた。それから高梨に了承を得た有希は、一つ一つ本棚に小説を差し込んでいく。

「あ、そこにあるダンボールの中身は見ないでくださいね」

部屋の隅にあるダンボール箱を指差し、彼は意味ありげにそう言う。

「プライバシーは尊重する主義だからね。手は付けないよ」

「……ありがとうございます」

とても恥ずかしそうに、彼がその箱をチラチラと見るものだから、有希は後で隙が訪れた時に中身を見てやろうと画策した。


高梨が実家から持ってきたものは、そのほとんどが小説だった。少しは実家へ置いてくれれば荷物も少なくて済むのにと有希は思ったが、それほど彼は小説が好きだということなのだろうということで納得した。そしてその小説の中には、自分の書いた本も混じっている。著者、七瀬結城。ここまで持ってきたということは、大切な本なのかもしれない。その大切なものの中に、自分の作品を選んでくれたことが、有希は純粋に嬉しかった。

彼の部屋の荷ほどきは、日が暮れ始めた頃に終わった。捨てるダンボールをひもでまとめた後、近くのスーパーで回収しているからそこを使えばいいという豆知識を教えてあげると、深々と頭を下げてありがとうございますとお礼を言った。それからお茶を入れてくれると言うから、有希はお言葉に甘えて、高梨が隠したダンボールの中身を物色した。一応、心の中で詫びは入れておく。

そうして中を開けてみると、なんとそこにはA４用紙の束が隠されていた。ペラペラめくってみると、どうやらそれは小説らしく、一瞬彼も同業者なのかと有希の心は珍しく歓喜で踊った。けれどよく確認してみれば、ゲラに書かれているような出版社のマークが無かったし、ワードで打ち込んだものを縦書きにして印刷だけした代物だった。おそらく自分で書いて、自分で印刷したのだろう。

そうこうしているうちに、高梨は居間へと戻ってきた。自分の書いた小説を持っていることに気づくと、面白いぐらい顔面が蒼白になる。そんな彼を見て、有希は今さらながらに申し訳なくなったが、後には引けなかった。

「へぇーいい趣味してるじゃん。なになに～」

「やめてください！　それは見ないでください！」

お茶のセットを机に置くと、高梨は慌てて有希の持つ小説を奪い取ろうとする。けれどそれをひらりとかわして、からかうようにタイトルを読み上げた。

「えーっと、桜の……」

「本当にやめてください！　何でもしますから!!」

「それじゃあこの小説を読ませてくれ」

「だから、それは……」

息を切らしながら原稿を取り返そうとする高梨は、やがて諦めたのか力なく座り込んだ。泣きそうな目を浮かべる彼のことが、ちょっと申し訳ないけれど面白い。有希はそれからたっぷり時間をかけて、彼の書いた小説を読んだ。そして完全に日が沈んだ頃に、ようやくそれを返した。

「君のそれ、〜だったで終わる文章が多いね。もちろんそういう演出もあるけど、あまり繰り返すと、さすがにテンポが悪くなるよ。もう少し工夫した方がいいと思う」

「えっ」

「とは言っても、ストーリーは面白そうだね。主人公が病を背負った女の子と出会って、やがて打ち解けていく。結末はなんとなく予想できたけど、それがわからないように伏線を張ったりすれば、もっとよくなるんじゃないかな。一見関係のないことが伏線だったり、細かなミスリードをつけたりすると遊びが出ると思うよ」

そんな風に、作家としては新米でしばらく小説すら書いていない有希がアドバイスをすると、高梨は慌てて紙とペンを引っ張り出してメモを取り始めた。どうやら彼は本気で作家を目指しているようだ。偉そうに創作論を語れるようなベテランではないが、自分のアドバイスが今後の彼のためになるならばと思い、有希は感じたことを素直に述べていった。

そんなアドバイス出しが終わった頃、有希は大きく伸びをする。久しぶりにしゃべり倒したから、息を強く吸い込んだ時に喉に軽い痛みが走った。

「とまあ、こんな感じかなぁ」

「いいよいいよ、これもお手伝いの延長だから」

それに、勝手に大事なものを盗み見たのに、見返りもなく「はいさようなら」をすれば、とても性格の悪い女だと思われてしまう。これからお隣同士になるというのに、開幕からそんな印象を持たれてしまえば、とても生活がしづらい。

「君は、小説家を目指しているのかい？」

訊ねるまでもないことだと思ったが、不思議なことに高梨は即答せずに複雑そうな表情を浮かべて口をつぐんだ。有希はそんな彼の様子を見て、自分もそんな時代があったことを思い出す。そしてそれはきっと、夢を追いかける者ならば大多数の者が陥る悩みなのだろう。

有希は二人で整理した本棚の、一番上を指差す。そこには、七瀬結城の書いた本が差し込まれていた。

「その作家、七瀬結城も最初はダメダメだったんだよ。彼女は高校生の頃から、文芸部に入って小説家を目指していたんだ。何年も新人賞に送っていた。けれど一次選考にすら通らないこともあったし、小説を書くことを諦めかけていた時期もあったんだ。

努力が結果に結びつくまでに、とても長い時間がかかっていたよ。とはいえ、彼女は最近不調なんだけどね」

あとがきやインタビューでも語っていない身の上話をしてしまって、おしゃべりが過ぎたと反省する。これじゃあ、自分のことを怪しまれても仕方ない。どうしてそんなにも、七瀬先生のことを知っているのだ、と。

けれど彼は少しムキになって、有希の言葉に反論した。

「七瀬先生の小説は、今でも面白いです。確かに一作目と比べると二作目は劣るかもしれませんけど……表現力や構成力は確実に進化してます。僕は、先生がネットに上げてる小説を全部読んだから分かるんです。三作目は、きっと一作目を超えます」

まるで、自分の友人が侮辱されたのを言い返すように、気弱な彼が言葉を発したから、有希は思わず気圧された。そして少し遅れて、自分の心が大きく高ぶっているのを感じる。その理由が、すぐに分かった。半分は、小説を書けなくなって苦しんでいる自分を、そこまで必要としてくれているのが嬉しかったから。けれどもう半分は、ギャップだ。内気そうな彼が、自分の好きな小説と作家の名誉のために、言い返して戦ってくれた。有希は目の前にいる男の子のことが、素直にかわいいと思った。

「君は、七瀬結城のことが好きなんだね」

「はい……」

「そっか。それを本人が知ったら、とっても喜ぶんじゃないかな」

けれど高梨は、自信を無くしたかのようにふたたび肩を落としていく。おそらく燃料が切れてしぼんだのだろう。彼は、熱くなってしまったことによって恥ずかしくなり、後悔しているに違いない。そういうところもまた、かわいらしいと思った。

「それじゃあ、私は部屋に戻るよ。やらなければいけないことがあるんでね」

「あっ」

何か言いたげな顔をしていたが、もう時刻は夜の九時を回っているし、さすがに有希も風呂に入りたかった。それに彼と同じく、もう燃料切れなのだ。今日はたくさん話しすぎてしまったから。

「また会おう。少年」

彼の言葉を待たずに、有希は部屋を出る。少し勇気を出して彼と話をして、よかったなと思えた。小説を書くことを休止していた期間が長すぎたから、きっと今すぐにというのは無理だろうけれど、励まされた後の今の自分ならば再び向き合うことができるかもしれないと思えた。

七海有希の三年目の大学生活は、それからまもなく後に始まった。出席しても単位など出ないのだから、オリエンテーションに参加する意味などないと思ったが、決まりごとだからと渋々参加する。けれど同じ学部の数名の顔が見当たらないから、来年こそは参加するのを自粛しようと心の中で固く誓った。

基本的に省エネ主義の有希は、自分に実のない参加不要のものには、なるべく参加しないことを最近は心掛けている。ひとえに時間の無駄だからだ。だから有希は、教授の話に耳を傾けず、開いた小説に目を落とし続ける。一時期は小説を読むことすら億劫だったが、高梨との出会いで少しだけそれは改善していた。

意味のない集会が終わった後、講義はないからそのまま帰宅をしてもよかったが、その前に有希は校内でとある人物を探していた。それはもちろん、高梨秋良という人物。ここへ入学することは事前に知っていたため、会って驚かしてやろうと以前から企んでいたのだ。

しかしその目的の人物はなかなか見つからず、代わりに特に興味のない人たちが彼女に話しかけてきた。

「七海さん、講義なに取るの？　よかったら一緒に心理学系取らない？」

「ごめん。心理学はあんまり興味無いの」

「えぇ、じゃあ今年はなに取るの？」

余所行きの人当たりのいい笑みを浮かべて、有希は言った。

「まだ考えてる。決まったら教えるよ」

数時間後には、綺麗さっぱり忘れているだろうけれど。話しかけてきた彼も、特段期待していないことを有希は理解していた。

入学した時から比べて、有希の周りには知り合いが増えた。入学時点でコミュニケーションを取ることに失敗してから、特に周りに何か働きかけたわけではないけれど、いつの間にか講義の合間の時間などに話しかけられることが増えたのだ。もともと有希は周りに好かれる容姿をしていたこともあり、それからは一人で浮いたりするようなことはなくなった。

けれど、その頃には一人の時間をそれなりに満喫できるようになっていたため、どこかに誘われた時にいちいち断ったりするのが苦になっていた。我ながら面倒くさい性格をしていると、内心自嘲している。

先ほども女子学生のグループに、他大学の学生と親睦を深めるために有希もカラオケに行かないかと誘われた。いわゆる、合コンというやつだ。有希は年齢を重ねることで精神的に成熟してきたけれど、恋愛観だけはなぜか高校生の時から止まったままで、清廉潔白なもの以外許せないたちだった。そんな彼女に、合コンなどという浮ついた場はもちろん許せるはずもなく、一度も誘いに乗ったことはなかった。

結局、話しかけてくれた人たちを全員いなして、ようやく再び目的のために動き出した。どこかに高梨が歩いていないか、有希は辺りを見渡す。そんな時だった。

「有希さん」

自分の名前を呼ぶ、見知った声が届く。うんざりしつつも振り返ると、そこにはいつもの変わらない笑顔を張り付けた佐倉の姿があった。

「今日は元気？」

「あなたに話かけられるまでは、それなりに元気だったんだけどね」

「それは手厳しい」

初めて会った時から今まで、彼は有希の姿を見つけては話しかけてくることが多々あった。正直なところ、鬱陶しいと思い始めている。話しかけては来るけれど、特にこれといった内容がこれまでになかったから。

「私、今日は忙しいから。特に用が無いなら今度でもいい？」

「ごめん、タイミングが悪かった。実は、今度お茶にでも誘おうと思っていたんだ」

「お茶って、なんで私と」

初対面の時にもお茶がどうとか言っていた彼だが、社交辞令だと思って有希はずっと忘れてしまっていた。

「特に理由はないけど、もう少し有希さんのことを知れたらと思って」

有希としては別に佐倉のことを知りたくはなかったのだが、彼は曲がりなりにも自分の作品を二作とも読んでくれているのだ。感想は、聞いたことがなかったけれど。

だからあまり無碍にもできないと思って、有希は仕方なく彼の誘いに乗ることにした。

「私、あんまり楽しいこととか話せないから、期待しないでね」

「こういうのは、男の方がリードするものだと僕は思うんだけど」

一度だって彼にリードされたことがあるだろうかと考えて、思い浮かばなかった有希は「はいはい」と言って流した。きっと恋人もいないのだろうと、勝手に失礼なことを有希は考えてしまう。

「ところでいつも元気無さそうにしている有希さんだけど、今日はどこか気分が良さそうだ。何かいいことでもあったの？」

「それ失礼なこと言ってる自覚ある？」

「まあ、少しは。でも、これでもいつも心配してるんだ」

心配してるなら、もっと態度で見せてほしいと思いながら、横目でいつの間にか高梨の姿を探している有希。

「もしかして、人を探してる？」

「もしかしなくても、あなたが話しかけてくる前からずっと探してたんだけど」

「それは邪魔をして悪かった。積もる話は、今度会ったときにでも話そう。もしよければ、サインの方もあらためてお願いしてもいい？」

「はいはい。今度はペン忘れないでね」

詳しい場所や日時は今度メッセージを送るからと言われて、ようやく佐倉と別れることができた。それからまた、彼を探すことを再開する。

そもそも、どうして自分は彼のことを探しているのだろう。アパートの、隣のインターホンを押せばいつでも彼に会えるというのに。そこまで考えて、単に自分にその行動を起こす勇気が無いのだという結論に至った。有希は、きっかけがなければ、基本的には自ら動くことができないのだ。いつも、いつだって急を要さなければ、基本的には待ちの姿勢でいる。そういう自分を、いつかは直したいなと思っていた。

それからも高梨を探していると、一階の事務室の前に彼の姿を見つけた。どうやら事務員と何やら話をしているらしく、有希は向こうから気づいてくれないかと、さりげなく話しかけてくださいオーラを発しながら後ろを歩いてみた。そんなことで、気づくわけがなかった。

けれどもそれを懲りずに二、三回続け、そろそろ不審者に間違われるかもなぁと思い始めた時に、ようやく高梨はこちらの気配に気づいて後ろを振り返る。嘘だ。ただ単に、事務員との会話が終わって帰るところだったのだ。

しかしこれでようやく自分に気づいてくれる。そんな安堵の気持ちは見事に空振りして、高梨は目の前を歩いていた有希に気づくことなく出口の方へと歩いて行った。

えっ、ちょっと待ってよ。ウロウロした自分が馬鹿みたいじゃん。そう思って、彼の姿を追おうとしたが、何と声を掛ければいいのかまったく思い浮かばなかった。とりあえず追いかけて、後は以前のように強引に迫ればいい。そんな案も浮かんだが、あんな自分らしくないことは二度もできるはずがない。だから、彼に話しかける理由がほしかった。

「ちょっと、そこのあなた」

呼ばれたような気がして振り向くと、先ほど高梨と話していた事務員のお姉さんが、窓口越しに手招いていた。

「これ、さっきの彼が忘れてったから、追いかけて渡してあげてくれない？」

「あ、わかりました」

了承して特に内容を見ずに紙を受け取った有希は、話しかける口実ができたことをありがたく思いながら、急いで彼の姿を追いかけた。そういえば大学までバスで通うと話していたから、おそらく校門を通り過ぎて少し歩いたところにあるバス停に向かっているのだろう。そう目星を付けて追いかけたが、校門を過ぎる前に案外早く高梨に追いついた。というか、歩くのが遅かった。

少し焦り気味だった有希は、今度は迷ったりしなかった。

「ちょっと待って、高梨くん」

自分の名前に反応したのか、彼は小さな肩を一瞬震わせてこちらを振り向いた。それから話しかけてくれた相手が、自分の知っている人だと認識するのにそう時間はかからなかったようだ。当初の目論見通り、高梨は驚いた顔をしていて、有希はしたり顔を浮かべた。それから咄嗟(とっさ)に、自分の一番尊敬する人物の姿を憑依(ひょうい)させる。

「やぁ、また会ったね、少年。これ、忘れものだよ」

事務員さんから預かった紙を彼に渡す時にあらためて確認すると、それは奨学金利用に関する注意事項が書かれたプリントだった。ありがとうございますと言って彼がプリントを受け取ると、不思議そうな顔を有希に向けてくる。どうやら状況が呑(の)み込めていないようだった。

「私たち、実は同じ大学なんだよ」

あっさりネタ晴らしをすると、一瞬遅れた後に彼は納得して「……そうだったんですか」と言った。ふわっとした性格をしているのか、いちいち反応が鈍い人だと有希は思う。

「……いや、本当に驚きました。あの時、普通に教えてくれてもよかったじゃないですか」

「それじゃあドッキリにならない」

「最初から驚かせるつもりだったんですか」

「ごめんね。でも同じ北峰大だって知って、私も最初は驚いたんだよ」

彼と会えたことで肩の力の抜けた有希は、気づけば成瀬先生の真似をするのをすっかりと忘れて話していた。そのことに違和感を覚えたのか、高梨は首をかしげてから「ちょっと、雰囲気変わりましたか？」と訊ねてきた。

別に、これが普通の私だよ。そう返すと、それで納得した高梨は、それ以降疑問に思うような表情は浮かべなかった。

二人の通う大学は山の上に位置する。そのため大学への市営バスの本数は多くなく、代わりに無料で乗れるシャトルバスが用意されている。それに乗るという手段もあったが、面倒くさいことを嫌う有希は一年の頃から、母に譲ってもらった薄ピンク色の軽ワゴンを運転して通学していた。帰る方向がまるっきり同じだから、どうせなら乗っていきなよと高梨のことを誘うと、初めは遠慮をしたが最終的には折れた。彼を助手席に乗せて、軽自動車は山を下っていく。

「あの、よかったんですか？」

「方向が同じだから、別に構わないよ」

「いや、そうじゃなくて……」

有希は一瞬、隣に座る高梨のことを見やる。少し挙動不審で、明らかにそわそわしている。とても緊張しているのが、肌で伝わってきた。そんな態度を取られると、男にあまり免疫のない自分にまで伝染してしまう。

「いや、彼氏さんに申し訳ないなって」

「なんで」

純粋にそう訊ね返してから、有希は察した。高梨は、どういうわけか自分に彼氏がいると勘違いしているらしい。そういえば、車の助手席は恋人のために空けるというのが、最近の大学生の常識だと有希は聞いたことがあった。なるほど、そういうことか。

「別に気にしないよ」

気にする相手もいないということは言わなかった。その理由は、やはりそっちの方が面白いからだ。

「高梨くんは、女性に対して適度に気を遣える男の人なんだね」

「いえ、そんなことないです」

「少なくとも、私よりは気が利いているよ」

ついでに先ほど話しかけてきたしつこい男よりも。自分なら誰かの車に乗る時、何の疑問も抱かずにとりあえず助手席に乗ってしまいそうだ。確かに相手に恋人がいたとすれば、いい気分はしないのかもしれない。

「ところで、小説は書いてるの？」

「あ、はい。一応……」

「そっかそっかー頑張ってね」

　車に揺られながら話しをしていると、時折彼の方から会話が途切れ、静寂が訪れることがよくあった。有希自身、あまりしゃべり倒すのは慣れていないから、そんな会話のテンポが少しありがたかった。それに最初は少し勇気が必要だったけれど、話が始まってしまえばそれほど緊張もせず、普段通りの自分でいられた。

　坂道を下り切った場所にある一時停止の標識で止まると、高梨はずっと気になっていたのか、恐る恐るといったように口を開く。

「あの、質問していいですか？」

「そんな堅苦しくなくてもいいよ。もっと普通にしなよ」

　それから車が走り始めると同時に、会話も再開される。

「先輩も、小説家を目指しているんですか？」

「いや、正確には違うよ。私はただの、小説が大好きなお姉さんなの」

「……それじゃあ、僕が小説家を目指しているって知った時、どう思いました？」

「別に、普通」

　というよりも、高梨が小説家を目指していることを知って、一応は作家である有希は嬉しかった。それに、あそこまで自分の小説を擁護してくれたのだから。

「夢や日標に、他人の意見なんて必要ないんだよ。だって、自分との戦いだから。自分の信じた道を貫けばいいんだよ」

彼の質問に、笑う人たちもいるかもしれない。叶えられるはずがないと、馬鹿にする人間も。しかしそれは、有希からしてみればただの僻みにしか聞こえなかった。足を引っ張ることに、いったい何の意味があるのだろう。応援していると言って、実際に叶ってしまった方がずっと後味がいいのに。

実は高校生の頃に、一部の心ない人間が自分のことを笑っていたのを見て、有希は以後そんな風に考えるようになった。

「まあ、敢えて私の意見を挟むなら、頑張ってほしいって思うよ。私は君の小説が読みたい。もちろんちゃんと装丁された紙媒体でね」

もしその時が来たならば、自分も小説家であるということを明かすのだろう。そしてその時には、砕けてしまった心の傷も癒えていて、また前を向いて歩き出せているのが理想だった。

「……僕、初めてなんです。他の誰かに小説家を目指していることを話したの」

有希は何も言葉を差し挟まずに、黙って高梨の口から漏れ出る言葉を聞く。

「なんだか、馬鹿にされるような気がして。別に話すようなことでもないんですけど。

実は両親にも、妹にも話していないんです」

それから、心に秘めておくつもりだったのか、彼はとてもか細い声である言葉をつぶやいた。きっと誰かに聞かせるような言葉ではなかったのだろう。けれど有希の耳には、しっかりと届いていた。

「初めて話したのが、先輩みたいなひとでよかった……」と。

乱暴に扱えば、簡単に壊れてしまいそうな繊細さを持つ彼から出てきたその言葉は、傷付いて寂れた有希の心をわずかに揺り動かすには十分だった。車の速度メーターが、わずかに右に触れる。有希は自分のそんな感情に、気づかないふりをした。

叶いっこないから、馬鹿にされたくないと思って誰にも話さない彼と、逃げ場をなくすために、夢を他人に明かすことで退路を断った自分。気持ちと行動の矢印の向き方は違えど、向いている方角は同じだった。だから、彼が挫折することなくうまくいってほしいと切に思う。

山道を下りきったところで、高梨は思い出したように言った。

「あの、どこでもいいのでコンビニに寄ってもらっていいですか？」

「何か買うの？」

「この前のお礼のアイスです」

「あぁ、別に気にしなくてもいいのに」

「そういうわけにはいきませんから」

「高梨くんは律儀だなぁ」

目的地のアパートへの方向を少しそれて、コンビニへと向かう。その道すがら、有希は再び彼にアドバイスをした。

「力作ができたら、新人賞に送ってみるといいよ。選考を何個か通過すれば、編集の人から寸評を貰えるから。客観的な意見を貰えるのは、書いていくうえでとても重要だと思う」

「新人賞ですか」

「もし落選すれば、その原稿をネットの投稿サイトに上げればいいから。とりあえず、自分の作品が他の誰かの目に触れる機会を増やさなきゃいけないね。どんな名作でも、人に読まれず埋もれてしまえばただの化石になっちゃうから。そういう意味では、プロの作家になれるかは、運の要素が強いんだよ。努力をしても、報われないかもしれない。それでも、頑張らなきゃいけない」

厳しい言葉だと思ったが、何も知らずに現実に打ちのめされて、有希は何度か作家を目指すことを諦めようか考えていたことがある。けれど、そのたびに思うのだ。今諦めたら、積み重ねた数年間の自分はどうなってしまうのだろう、と。ある人は、それもまた今後の自分の糧になるからと励ますかもしれないが、有希はそうは思わなかった。結果が出なければ、意味が無いのだ。自分が努力した数年間を、言い訳にして消費したくなんてなかった。

努力をした分だけ、失敗した時の傷は大きく致命傷になる。それを有希は、他の誰よりも知っていた。だから、その覚悟を問うたのだ。彼は、珍しくハッキリとした声で「頑張ります」と言った。その言葉を聞いて、有希は安心する。

けれど現実はそう甘くはなく、結果的に高梨はその後うまくはいかなかった。初めて応募した新人賞は、一次選考で落選。ネットに上げていた小説も、それほど閲覧数が増えずに伸び悩む。有希が時折アドバイスをしていたおかげもあって、以前よりも小説を書く技能が向上したが、結果は鳴かず飛ばずだった。

そうして次第に夢を諦めていくのを、今の彼はまだ知らなかった。


有希は連絡用のために、佐倉とアドレスを交換していた。そんな彼から呼び出しがあったのは、高梨がコンビニでお礼のダッツを奢ってくれた一週間後の出来事。それまで連絡が一度たりとも来なかったから、間違えてブロックしてしまった体にしておいてもよかったが、変な因縁を付けられて素性をバラされると困るから、渋々そのままにしておいた。

佐倉は事前に目的地を決めているのか、翌日が空いているかの確認をした後、《午前十一時に駅前の水時計付近に来てほしい》と送ってくるだけだった。欲を言えばもう少し前に予定を言ってくれると嬉しかったが、有希は《わかった》とだけ返事を送る。

大学生になってから、普段誰かと出かけることがなくなった有希は、当日の朝、いつものルーチンでコンビニへ行き、お昼ご飯を買おうとしたところで我に返った。十一時という中途半端な時間に呼び出すということは、つまるところお昼を一緒に食べようということなのだろう。自分はもしかすると、致命的なまでに空気が読めないのかもしれないと戦慄した。

そうして一人ごちながら、何も買わずにアパートへ戻り、約束の場所へと向かう支度をする。決して入念におめかしをしていたわけではないが、気づけば約束の時間を過ぎていた。今から向かったら一時間ほどの遅刻かぁと思いながら、たいして急がずに家を出た。十二時に着ければ御の字だろう。常に心に余裕を持つのはいいことだ。時間に余裕を持てるようになれば、何も言うことはないのだけれど。

駅前にある、吹き出す水で時刻を表示する水時計は、市民の待ち合わせ場所としてよく利用されている。その水時計の数字が十二時三十分になったところで、ようやく佐倉と合流した。有希は「三十分遅刻した、ごめんね」と謝ったが、内心予定より早く来れたことに満足していた。三十分の遅刻なら、誤差だ。そう思いつつ、大学生に上がってからだいぶ大雑把な人間になってしまったことを嘆いた。

正直怒られると思ったが、彼は不機嫌な表情を浮かべず、むしろ安堵しているのか張り詰めていた頬を緩めていた。

「よかった。事故にでも遭ったのかと思って心配したよ」

「事故に遭って行けなくなったら、事前に連絡を入れるに決まってるじゃん」

自分でそう言っておいて、遅れるなら遅れると一報を入れておくべきだったなと反省する。こういう適当な面が、意図的にではないにせよ佐倉に露呈してしまったから、呆れてそのまま帰ってしまうと思った。けれど彼は「何にせよ、よかったよ」と言うだけで、特に怒ったりはしなかった。

目の前にいる彼も、相当な変わり者だなと、有希は口元をわずかに緩めた。

佐倉はまず、駅前にあるショッピングモールへと入っていった。今の今まで何も予定を聞いていなかったため「お昼ご飯、食べるの？」とエレベーターに乗り込んだときに訊ねる。彼は六階のボタンを押した。

「そのつもりだけど、ごめん言ってなかったね。もしかしてもう食べてきた？」

「私は空気だけは読める女だから。もちろんお腹は空かせてきたよ」

「そう、それならよかった」

有希は今朝の出来事を棚に上げた。やがて人を乗せた小さな箱は六階に到着し、アナウンスと共に扉が開く。この複合ビルに入った時も若者やサラリーマンの群れでごった返していたが、レストラン街の六階も似たようなものだった。若干人ごみの苦手な有希は、顔をしかめる。

「さて、実は食べるものは決めてないんだけど、有希さんは何が食べたい？」

一方的に誘っておいて決めていないのはどうなんだと思ったが、有希は特に何も言わなかった。実はこの階に気になっているお店があって、一度行ってみたいなと考えていたのだ。まっすぐ行って突き当たった場所にそのお店があるのを見つけて、有希は指差す。

「あの『幸福のパンケーキ』ってお店がいい」

「お昼に甘い物でいいの？」

「別に私は気にしないけど」

むしろ甘いものさえあれば生きていけるたちだった。さすがに体に悪いから、控えることが多いけれど。

佐倉は有希の提案に異論を挟まなかったため、お昼に食べるものはパンケーキに決定した。それから二人でお店に入るが満席だったため、テーブルが空くのを待ってから店員さんに案内される。

店内は高校生か大学生ぐらいのカップルがわんさかいて、有希は少しだけ自分が若返ったような気分になった。けれどその直後に、そもそも自分は周りにいる人たちと同い年ぐらいなのだということを思い出して、心がげんなりする。

席に着いてから、佐倉はメニュー表を有希が見やすいようにこちら向きで開いて置いた。

「もう決めたから、あとは自由に見ていいよ」

「えっ、早いね」

「こういう初めてのところへやってきたときは、一番おすすめと書かれているものを食べようって決めてるの。だいたい美味しいから」

有希の持論に感心した佐倉は、それからメニューを一度ざっと確認して、すぐにバナナホイップのかかっているパンケーキを指差した。彼もそれほど悩まずに、即決するタイプの人間なのだろう。

やがて注文したものが運ばれてくる。有希は器用にナイフとフォークで切り分け、ホイップとパンケーキを口へ運ぶ。やわらかい生地とクリームが、歩き疲れた体に染み渡る感覚に幸せを感じた。そして想像していたよりもパンケーキの生地がふんわりとしすぎており、舌が触れた瞬間に形を崩してしまうのが新鮮だった。甘い物が好きな有希にとって問題はなかったが、特別好きな人じゃなければ甘ったるさに顔をしかめてしまうような、そんな味と食感。

誠に残念ながら、佐倉の口にそのパンケーキは合わなかったようで、有希より明らかに食べるペースがゆっくりだった。パンケーキのお店を提案した手前、なんだか申し訳なく思い「もしかして、口に合わなかった？」と遠慮がちに訊ねる。彼は「たまにはこういうのもいいかも。美味しいよ、本当に」と言った。嘘はついていないのだろうが、やはり甘いものが好きというわけではないらしい。私のせいで嫌な思いをさせてしまったから、ここはお会計を自分が持とう。口には出さずにそう決めて、いつでも出せるようにとポシェットの中の財布の位置を改めて確認した。

「有希さんは、どうして今のお仕事を？」

以前注意したことを覚えてくれていたのか、ややぼかして彼は訊ねる。きっとそんな質問が飛んでくるのだろうなと予想していたから、事前に答えは頭の中でまとめてあった。

「昔、ある小説を読んだの。高校生の頃なんだけど、感動したんだ。それで、私も小説を書きたくなった」

「へぇ」

感嘆の息が漏れた佐倉は、ナイフとフォークを置いて言った。

「それは素敵な出会いだね。僕は作品を読んで感動することはあっても、書いてみたいと思ったことはないな。いったいどういう捉え方の違いがあるんだろう」

「お金だよ、きっと。儲かるからね、売れている小説家は」

「なるほど金銭か。つまり子供の頃の有希さんは、私もあんな小説を書いて一発当てて、たくさんお金を稼いでやりたいとも思ったわけだ」

「冗談に決まってるじゃん」

お金が第一の理由として挙げられるのなら、自分はここまで小説を書くということにこだわらないはずだ。とてもわざとらしく彼が言ったから、さっきの言葉を本気で受け取っているわけではないのだろうけれど。

「というより、一作目のあとがきに書いたよ。作家を目指した経緯。隅から隅まで読み込んでないでしょ。本編だけ読んで満足するタイプ?」

「もちろん読んだよ。けれど、リップサービスの可能性もあると思ったんだ。明るいことを書いておけば、とりあえず読者には好感触だからね。現に僕も少し心を動かされたから」

「そんな読者が勘違いするようなことを言うのはやめて。みんなきっと、本心を書いてるよ」

「そっか。それなら安心した」

　そういえばあとがきを書いたのは、一昨年の今頃だったことをふと思い出す。何も知らずにキラキラしていたあの頃のことを思い出して、心がざわついた。

「僕が思うに、有希さんは大学に入学してから、ものの考え方がずいぶん変わってしまったんじゃないかな。あとがきや二作目の作品を読んで想像した君と、実際にここで会った君はずいぶんと違っていたんだ」

「別に、変わってないし。それに、それって私が浮気するような女に見えたってこと？」

「すこし、冷めた風に物事を捉えるようになったのかなって」

　以前の自分を知りもしないのに、小説を読んだだけでよくそんな風に言い切れるものだなと有希は思う。けれどそんな佐倉の発言が、まるきり見当外れであるとは思えなかった。ちゃんと自覚があったからだ。高校生の頃の自分と比べて、いつの間にか七海有希という人間には、感受性というものが少しずつ消失しているような気がしてならなかった。

　もしかすると、戻っているという表現の方が正しいのかもしれない。時々、楽しかった高校生活の思い出を、忘れてしまいそうになることがある。それは、決まって一人でいる時だった。小説を書いていなければ、自分が自分でなくなってしまうかもしれない。それをふとした時に考えてしまうのが、たまらなく怖かった。

「やっぱり、変わってなんかないよ」そう言い聞かせるように口にして、お皿の隅っこに乗っていたイチゴをフォークで刺し、口へ運ぶ。クリームがやや付いていたとはいえ、程よい酸味が舌を刺激した。甘いものは好きだが、すっぱいものは得意ではなかった。

「でも、今まで褒めてばかりいたけれど、正直一作目の内容は僕の好みじゃなかったな。少女漫画、に近いのかもしれない。読んだことがないから定かではないけれど、有希さんの作品は僕みたいな男子大学生向けの小説というよりも、中高生向けに書かれているんじゃないかな」

ハッキリと好みじゃなかったと言われて、有希はそれほど深く傷付きはしなかったが少々怯んだ。口に運ぼうとしていたパンケーキを、一度お皿の上に戻す程度に。普通、本人を目の前にして、ストレートに好みじゃなかったと話すだろうか。相手に対する配慮に欠けていると捉えられても仕方がない。けれど、嘘をついて面白いと言われるよりは、何倍もマシであることは確かだった。

「あの小説書いたの、高校生の頃だし。私だって、今読んだら少し恥ずかしい。若気の至りと思って、許してあげて」

「許すも何も、好みじゃなかっただけで僕は楽しめたよ。読みながら、作者の姿を想像してた。きっとこの人は、とっても純粋な人なんだろうなって」

彼にそんな評価を下されて、有希は自嘲気味に笑う。

「実際に会った私は、あなたの想像通りじゃなかったでしょ」

「いや」

グラスの中で小刻みに揺れる透明な水を一息に飲み干して、視線を逸らしたりせずにまっすぐ彼は笑顔で言った。

「きっと、僕の想像した通りの人だったよ」

パンケーキを美味しく頂いた後、そのままアパートへと直帰してもよかったのだが、ほしい小説の新刊が昨日発売されたため、ついでに本屋へと立ち寄った。すぐに終わる用事だから帰ってもいいよと佐倉に気を使ったけれど、暇だからついていくよと言われたため、またしばらくの間行動を共にすることとなる。

小説の新刊コーナーに真っ先に向かった有希は、お目当ての本を見つけると値段も確認せず購入の意思を決めて、手に取った。本を買う時にいちいち値段を確認しないのは、本好きあるあるだなと有希はふと思う。

「有希さんは、やっぱり恋愛小説ばかり読むの？」

「恋愛というか、青春小説。勉強になるから」

「へぇ。勉強のために小説を読んだりもするんだね」

「だって恋愛って、お金を払って経験できるようなものじゃないから」

「あぁ、そういえば彼氏いないんだったね」

おそらく悪気なく放ったその一言が、有希の心の隅っこをチクリと刺した。別に、好きで恋人を作っていないいんじゃない。そういう機会に恵まれさえすれば、自分だって幸せな経験をしてみたいと思っている。そんな考えを彼に言ったところでどうにかなるわけでもないから、黙っておくけれど。

そんな複雑な気持ちを抱えているそばで、佐倉はなんちゃらこんちゃら殺人事件というタイトルの書かれた文庫本を手に取り、興味深げに裏表紙のあらすじを読んでいた。有希はそれを一方的に取り上げて、そこらへんに平積みされていた高校生の間で話題になっている恋愛小説を代わりに握らせる。

「そんなおどろおどろしい小説読むから、気も使えない男になるんだよ。その小説でも読んで、少しは他人との接し方勉強したら」

それは純粋に嫌みのつもりだったのだが、佐倉は有希の渡した小説のあらすじを確認すると「それじゃぁ、これ読んでみるよ」と、嫌みなく笑った。なんだこいつと思ったが、小説を読んで自分や他人への接し方が少し変わるのならば、それは彼のためになると思ってぐっと飲み込む。

それから前半の内容を流し読みし始めた佐倉は、無意識なのかぽつりと「こういうの、美結が好きそう」とつぶやいた。その人物が気になった有希は、本を閉じたタイミングで彼に何げなく訊ねた。

「美結って誰？　妹？」

驚いた顔を浮かべた佐倉は、どうやら自分が話したことに気づいていなかったようだ。彼にしては珍しい表情を見せた後、今日一番の腹の立つ幸せそうな笑顔を浮かべた。具体的には、口元が、にやけていた。

「いや、彼女」

「……は？」

今の有希の反応は、彼女がいたことへの驚きなどではなかった。もちろん、こんな男に彼女なんて、と思わないこともなかったが、そんなことよりも重要なことが有希にはあった。

「……恋人がいるのに、なんで一緒に出かけるの」

高校生の頃に味わった、嫌な思い出が脳裏に蘇る。百パーセントこちらが悪くないにもかかわらず、浮気相手とみなされて一方的になじられた苦い記憶。もしかすると、今このショッピングモールのどこかに、美結という女性がいるかもしれない。それを思うと、この場にとどまることに恐怖を感じた。

「……ごめん、私帰る」

購入するはずだった小説を急いで棚へ戻すと、有希は逃げるように佐倉から離れた。大げさかもしれないが、二度もあのような修羅場を巻き起こすのは嫌だったのだ。きっと彼に悪気はないのだろうということはわかっている。けれど、傷付くのは彼の付き合っている恋人なのだ。

本屋を出る時、佐倉が何かを言っているような気がした。けれどそれを無視して、有希はバスに乗ってアパートへと逃げるように帰宅した。

佐倉と出かけた翌日。大学が休みということもあり、いつも通りアパートに引きこもっていた有希の気分は未だ持ち直していなかった。あの後、何度かスマホに彼からの連絡が来たけれど、すべて返さずに無視を決め込んでいる。というのも、自分の昨日の行動が少々オーバーだったかもしれないと感じ始めていたからだ。

恋人がいるということを知って動揺した有希は、特にそれ以上何も聞かずに佐倉から離れた。せめて踏みとどまって話をしていれば、恋人がいるのに異性と二人で出かけた真意が分かったのかもしれないのに。

一人で悶々（もんもん）としている有希は、それから気分転換にと思い珍しく部屋の外へ出た。正確には、隣の部屋に住む高梨のところへ、何の連絡もなくインターホンを押しに行った。扉を開けて有希と目の合った高梨は、突然の先輩の来訪に戸惑いの色を隠せていなかった。

「今、暇？　暇なら小説読んであげる」

一方的に恩着せがましくそう言うと、彼は有希の勢いに押されて渋々といった風に頷いた。異性に免疫のない有希ではあったが、高梨に対しては気を使うことも遠慮することもなく普通でいられるのは、彼が人畜無害そうな人間に見えるからだと分析している。友人のいない有希にとって、彼という存在は無意識的に大きくなっていた。

玄関に上がり込んで、ハッとした有希は一応念のため彼に訊ねた。

「君、彼女いないよね？」

失礼な聞き方だったかもしれないが、特に気分を害した様子もなく高梨は「いませんけど……」と言った。その答えに満足した有希は、安心して彼の家へと転がり込んだ。

有希のためにお茶を用意した高梨は、自分の部屋だというのに少し居心地の悪そうな表情を浮かべて正座していた。

「高梨くんは、プロットを作った方がいい」

「やっぱり、作った方がいいですか」

「うん。もちろんプロットを作らない人もいるけど。でも君は、ちゃんと作った方がいいと思う。一度読んだけど、読者に伝えたいことがぶれているような気がする。張っておいたはずの伏線も、なぜか回収されないままになっているし。たぶん、忘れてるでしょ。これとか」

そう言って有希はパソコンを操作し、問題のある箇所を指差す。高梨は自分のミスにようやく気づいたのか、小さく「あっ」とつぶやいた。そうしてわかりやすく、先ほどまでとは表情が凹んでしまったことに気づく。彼は些細なことで気分を沈ませてしまう。それをわかっていたから、事前に褒めるべき言葉も準備していた。

「でも、文章の間違いは一つもなかったよ。私はそういうところが適当だから、大学のレポートなんかを書くときに、教授に結構指摘されてるの。だからそういうところの丁寧さは素直に羨ましいな」

有希は小説を書く時も、いつも誤字や脱字が多い。だから書き終わった際にに何度も見直しているのだが、いつもその時間がもったいないと思っている。それに間違いが増えれば校閲さんの仕事も増える。高梨は有希が小説を書いていることを知らないため、もちろんその話はしなかった。

「プロット、完成したら先輩に見てもらってもいいですか？」

「もちろん構わないけど、いいアドバイスをできるかはわからないからね」

「大丈夫です。素直な意見がほしいんです」

それならばと、有希は高梨の言葉に了承した。作家として駆け出しの身だから、あまり力になれないかもしれないけれど。

そうして小説のアドバイスが終わっても、高梨のいれてくれたお茶を飲みながら、本棚に刺さっている小説を適当に開いて読みふけっていた。彼は自分の部屋に異性がいることに緊張しているようだったが、有希は気づかないふりをした。今一人になると、また昨日や過去の別れ話を思い出して、鬱々としてしまいそうだったからだ。

そんな有希の様子がいつもと違っていたからか、高梨は「先輩、もしかして何かあったんですか？」と遠慮がちに訊ねてくる。こっちの男は、妙に察しがいい。そんなことを考えながら、図星だった有希は読んでいた小説を閉じる。

「どうしてそう思ったの？」

「上の空みたいな表情して、さっきから全然読む手が進んでなかったので」

普段ぼーっとしているくせに、どうしてこんな時だけ観察眼が鋭くなるのだろう。自分が分かりやすいだけなのか、それとも何も考えていない風に見えて、ちゃんと自分以外の周りのことをよく観察しているのか。どちらにせよ、そういう目配りのできるところを物語の登場人物に反映できたりしたら、彼の物語に出てくるキャラクターにも深みが出るのにと、珍しく作家らしいことを考える。

なんだか彼といると、隠していることをぽろりと漏らしてしまいそうになる。人畜無害そうに見えるから、この人になら言っても大丈夫かもしれないと考えてしまうのだろう。そういうところが、なんだかずるい。

そしてこういうタイプの人間は、往々にして他人が悩んでいることを、まるで自分のことのように一緒に抱え込むのだ。彼にとって、自分という存在はそれほど大きくないはずなのに。真実を口にしてしまうのは、きっと高梨が真剣に向き合って考えてくれるから。それを期待してしまうから、甘えてしまうのだ。

「私、高校生の頃に付き合ってた人がいたんだよ。すぐに別れちゃったんだけどね」

話すつもりなんてなかったのに、一度あふれ出した言葉の奔流は今さら塞ぐことなんてできなかった。

「私、浮気相手だったの。相手の人にはすでに付き合っている人がいて、彼と私が一緒にいるところを、たまたまその人に見られてた。それでこじれちゃって、すぐに別れたんだ」

どうして平気で彼女のことを裏切ることができるのだろうと、有希は思う。恋人になるということは、二人の間に愛があるということを確認しあったはずなのに。

「せめて、別れた後に付き合っていたなら私も許すことができた。でも、これは違うよ。誰かを傷つける関係性でしかなかった……」

隠すことなく正直な気持ちを示すなら、彼と付き合っていた当時の自分は幸せだったと偽りなく断言できる。　けれど、そんな虚構で塗り固められた幸せの裏で、悲しむ人が確かに存在したのだ。間接的にその当事者になってしまった有希は、やるせなくて仕方がなかった。

「その時の私、結構大きな悩み事があって落ち込んでたんだ。もしかすると、そういう弱かった心を見透かされて、付け入られちゃったのかも。最近また似たようなことがあって、それを思い出して、ちょっと落ち込んでたの」

今回の出来事だって、同じなのかもしれないと有希は思う。自分が悩んで落ち込んでいるように見えたから、あの人は接触してきた。随分前から小説家であることを薄々察していたのに、今の今まで黙っていたのはきっとそれが理由。そんな被害妄想を押し付けるような真似はしたくなかったけれど、溢れるマイナス思考の波が止まらなかった。

こんなにも苦しい思いをするのなら、ずっと独りでいた方が楽なのかもしれない。そんな最終的に行きつく悲しい結論を心の中で導き出す前に、今まで沈黙を貫いていた高梨がようやく口を開いた。

「僕はその人のことを全然知らないから、見当違いのことを言ってるのかもしれませんけど。もしかすると先輩のことが純粋に心配だっただけなのかもしれません」

的外れとも言えるようなそんな言葉を、有希は無下に一蹴したりはしなかった。

いったい彼がどんなことを考えているのか、純粋に興味があったからだ。有希は小首をかしげ、その先を促す。

「きっと、落ち込んでいる先輩のことを励ましたい気持ちが、そんな行動をさせてしまったんだと思います。綺麗事みたいな憶測にすぎませんけど……」

ハッキリ自分の意見を言い切ったかと思えば、またすぐに自身をなくしたかのように煮え切らない態度を見せる高梨。確かに彼の言う通り、そんな動機を考えるのは綺麗事以外の何ものでもないけれど、それを真っ向から否定することを有希はできなかった。もしかすると万に一つの可能性があって、高梨の言う通り自分を心配しての行動だったのかもしれないからだ。

「もしかすると高梨くんって、いつもそんな風に前向きに考えてるの?」

「全然そんなことないですよ。自分のことになると、いつも後ろ向きなことばかり考えてます」

なにそれと言いながら、有希は思わず笑ってしまった。他人の悩みに思考をすり減らして、自分のことにも後ろ向きになるなんて、とっても生きづらそうな性格をしている。

「そういう相手のことを慮ることができるところはさ、高梨くんのいいところだと思う。でもダメだよ。他人のことばかり考えてたら、自分の幸せが逃げてっちゃう」

「そうなんですかね……」

「私はそう思うよ。だから優しいお姉さんが、高梨くんが小説家になれるようにこれからもサポートしてあげよう」

「いや、それは今の彼氏さんに申し訳ないので……」

恩着せがましく魅力的な提案をしたのに、にべもなく断られてしまったことに有希はむっとした。自分のことを慰めてくれた彼の手助けをしたいという気持ちは嘘じゃなかったから、今さらではあるが誤魔化していた事実を素直に明かしておこうと思った。

「私、いま彼氏いないよ」

「えっ」

初めて会った時から今日まで、一度も見たことがないほどの戸惑いの表情を浮かべる高梨。ドッキリ大成功という文字が頭の中に浮かんで、有希は柄にもなくしたり顔で笑った。

「なんで勘違いするかなぁ。彼氏いないのに気遣われて、ちょっと凹んだんだよ」

「あの、それはごめんなさい……全然知らなくて……」

「思い込みが激しいタイプなんだね、高梨くんって。でもまあ、これからもよろしくね」

あらためてそう言うと、高梨は困った表情を浮かべるように眉毛を曲げて、あらためて確認するように「……もう隠し事はないんですよね？」と訊ねてきた。本当は、もっと先に言わなければならない大切なことがあったけれど、まだ伝えるわけにはいかなかったから、「もうないよ」と言って作家であることは言わなかった。

「それじゃあ、これからもよろしくお願いします……」

そうして安心した表情を浮かべる高梨に、罪悪感を抱かなかったわけではない。けれど本当に仕方のなかったことだからと自分に言い聞かせて、有希は彼に嘘をついた。

その夜、ふたたび佐倉から電話が掛かってきた有希は、今度は逃げずにそれに応答した。そういう心境の変化があったのは、昼間に高梨と話したことが大きい。一人で勝手に被害妄想に取りつかれていて、あの時は正常な判断を下すことができていなかった。自室で反省した有希は、しっかり彼と話をしようと思い直すことができていた。

電話に出て、まず有希が佐倉に謝罪した。取り乱してしまってごめん、と。素直にそう言うと、いつもは茶化す雰囲気のある彼は至って真面目な声音で『こちらこそ気に触るようなことをしていたとしたら、ごめん』と、謝ってきた。

それから有希は、高梨に打ち明けた話を、彼にも正直に話した。また、同じようなことが起きるかもしれないと思うと、いてもたってもいられなくなって飛び出してしまったのだと。しかし結論から言うと、そんな可能性の話は有希の杞憂に終わった。

『僕の恋人、ここじゃなくて地元に住んでるんだ』

つまり二人は遠距離恋愛をしているらしく、その地元も電車と飛行機を乗り継いでいかなければたどり着けない場所のようだ。そんな遠い場所にいる恋人にあの場で遭遇する確率は極めて低い。それに女性と二人で出かけることは事前に美結という女性に報告を入れていたらしく、ただ一方的に有希が暴走しただけという事実に思わず顔が赤くなった。それを察してか、彼はちゃんと説明しなかったこっちも悪いからと、気を使ってくれる。

そのようにして二人のすれ違いは、高梨を間に挟むことであっさりと解決に至った。

『それにしても、浮気されたんだ。それはそれで、トラウマにもなる』

「まあ、うん。でも、今はちょっとだけ気持ちが落ち着いた。彼にも彼なりの理由があったんじゃないかなって、思えるようになったから。単なる想像で、綺麗ごとかもしれないけど」

けれど、それがたとえば綺麗ごとだったとしても、有希はそれを信じることに決めたのだ。高梨という男が、この件に関して一切無関係であるというのに、そんな綺麗な自分の想像を信じているのだから。それに彼の想像する顛末が事実なら、有希は彼のことを許すことができるのだ。恨みつらみを抱え続けるよりも、きっとその方がずっといい。

『でもそういう選択をするなら、綺麗に恋人と別れてからするべきだと、やっぱり僕は思う』

「それが正しいことだって、私もそう思うんだけどね」

その時彼が何を考えていたかなんて、もう誰にも知る由はない。あれから有希は一切彼と話をしていないし、連絡先も交換していない。どこで何をしているかも知らないし、今さら会うことなんて不可能なのだ。だから想像することで、すべてを補うしか方法がない。

『ということは、もしかして有希さんの書いた二作目の小説って、自分の実体験を基にして書いたのかな。違ってたら、蒸し返したみたいで申し訳ないんだけど』

「その通りというか、考えの基になったのは確かだよ。でもあの小説、あんまり売れなかったんだけどね。重々しくて、面白くなかったでしょ?」

『そんなことない』

珍しく、佐倉がすぐさまハッキリと否定の言葉を発したから、電話越しに有希は驚く。今までの彼には、どこか作っているような余裕が感じられていて、それが一瞬だけ剝がれたような気がした。

『あの小説、僕は好きだよ。君の、どうしても登場人物のことを幸せにしてあげたいという思いが、ひしひしと伝わってきたから。浮気した男の人間臭いところも、案外悪くないと思ってる。というより、二者択一を迫られて、恋人以外にまったく情を抱かない人間なんて、いないと思うんだ。同じ状況に立たされていたとしら、きっと僕だって同じ行動を取る。作中には描かれていなかったけど、彼女を不幸にしてでも一方を選ぶ理由が、その男の人の中では明確にあったと思うんだ。普通に生活をしていて、その答えを探していることが、たまにある』

　普段は飄々（ひょうひょう）としていて、絶対に見せることのないその熱い一面が、傷心していた有希にとっては救いだった。自分が苦しみながら書いた物語を、そこまで深読みしてくれている人がいるなんて、想像もしていなかったからだ。

　その小説が嫌いな人もいれば、好きな人もいる。そんな当たり前のことを、頭の中では理解できていたはずなのに、割り切ることができずに勝手に一人で傷付き病んでいた。けれどそれは、好きだと言ってくれる人に対して、とても不誠実なことをしているのだとようやく今わかった。

　高梨や佐倉のように、それでも好きだと言ってくれる人がいるからこそ、物語を書き続けなければいけないのだ。書くことを辞めてしまえば、自分の作品を好きだと言ってくれている人のことさえも、不幸にしてしまうのだから。

そんな当たり前のことを今さら気づくことができたのは、二人のおかげだった。

「ありがと。佐倉くん」

『僕は別に。有希さんのこと、傷つけちゃったから』

「それは私が勝手に傷付いただけ」

馬鹿みたいに勘違いをした昨日の自分が、今はとても恥ずかしく思う。そして勝手に暴走をした有希は、一つ大事なことを忘れていることに気が付いた。

「そういえば、サイン書くの忘れてた」

『有希さんが帰っちゃったからね』

「蒸し返さないでよ」

言い返すと、佐倉の小さく笑った声が有希の耳に聞こえてきた。そんな風に普通にしていればもう少しは親しみやすくなるのにと、珍しくお節介なことを考える。けれど、どちらもきっと彼のいいところで、そんな彼のことを好きになった美結という人物は素敵な人なのだろうと有希は思う。

それから、またいずれ機会があったときにサインすることを約束して、電話を終えた。一気に疲れが押し寄せてきた有希は、思わずその場に寝転がりそうになる。けれど今日からまた書き始めようと決意し、疲れた体に鞭(むち)を打って埃(ほこり)の被っていたノートパソコンを開く。

有希はもう一度、進み続ける決心をした。

そうして季節は過ぎて、夏。復帰のためのリハビリと、これから書くであろう作品の情報収集のために、有希はこれまで以上に小説を読んでいた。一時期は小説すら手に取らない時もあったほどだから、いくらか沈んだ気分は回復していた。

これなら、また新しく物語を考えることができるかもしれない。そんな自信がついてきた夏休みに、図ったように有希のスマホが机の上で振動した。確認すると、作家活動で使用しているフリーのメールアドレスに、一通メールが届いている。久しぶりに、黒川からメールが来たのだろうか。また書き始めようと思った矢先の出来事だから、その報告もしなければいけないし、ちょうどいいなと思う。

けれど届いていた発信先は有希の登録していない番号で、一瞬迷惑メールかと思い削除しようとしたところで我に返った。メールの件名に、有希も知っている大手出版社の名前が書かれていたのだ。そんな出版社の人間が、どうして自分にメールを送ってきたのだろう。疑問に思いながらもそれを開き、内容を流し読みして自分の目を疑った。

そのメールを送ってきたのは、柏崎鏡花（かしわざききょうか）という人物。柏崎は大手出版社で編集の仕事に携わっているようで、端的に言うと弊社で文庫本の小説を書き下ろしで出さないかというお誘いだった。

もしお時間がありましたら、一度会ってお話しませんか。ご連絡お待ちしております。メールの末尾はそのように締めくくられていて、有希はすぐさま返信用の文章を打ち込んで送信した。その後、何度かメールのやり取りが続き、最終的には次の休日に駅前のカフェで会うこととなった。

唐突に降って湧いたチャンスに、有希の心は高ぶった。まだ何も決まってなどいないが、歓喜に打ち震えた有希は、それから翌朝まで寝付くことができなかった。

柏崎と約束していた日は、すぐにやってきた。珍しく身だしなみに気を使い、たっぷりと時間を割いて整えた有希は、自分の着ている服が似合っているのかどうか自信がなかった。この日のために久しぶりにお洒落な服を購入した有希は、花柄のワンピースが自分に似合っているのか自信がなかった。なにせこのようにまともな服装をするのは、高校生の時以来だったからだ。

緊張した面持ちで部屋を出た時に、たまたま隣室の高梨と出かけるタイミングが被り、思わず目が合った。普段だらしのない先輩が、今日はなぜかちゃんとしている。そんな異様な姿に驚いたのか、彼はこちらを見て固まっていた。

「おはようございます。今日もしかして、彼氏さんとデートですか？」

訊ねてから自分の発言に間違いがあったことに気づいたのか、少しばつの悪そうな顔を浮かべる高梨。

「えっと、すみません……彼氏いないんでしたね……」

決して悪気があったわけではないのだろうが、まるで嫌みのように聞こえたその言葉に驚いて、いつの間にか緊張の糸が解けていた。

「ちょっと、今日は大事な用があるの。あ、男の人と会うとかじゃないよ」

なぜ訂正を入れたのか自分でもわからなかったが、高梨は「それなら、頑張ってきてください」と励ましの言葉を入れてくれた。そんな気遣いにお礼を言った有希は、

「どう？　似合ってる？」と彼に今日の評価をゆだねる。

「最初見たとき、先輩じゃない人が部屋から出てきたと思って驚きました」

「それって、よくないってこと？」

自信なく訊ねると、彼は慌てたように首を振った。それからためらいがちに顔をそらしながら「綺麗だと思います……」と、消え入りそうな声でつぶやく。それなら普段の姿は別にそうでもないということになるのだが、揚げ足などは取らずにその言葉を素直に受け取った。

「ありがと、高梨くん。ちょっと勇気出た」

それから、途中まで一緒に行こうかと誘って、二人で別々の目的地に向かって歩き

始める。自然と高梨の書く小説の話題になって、いつものように相談に乗った有希は、別れ際に決意した。もし無事に小説を書けて、出版できることになった時には、ちゃんと彼に自分の正体を明かしてしまおうと。

その時の彼の驚いた表情を想像すると、自然と口元に笑みがこぼれた。


珍しく時間通りに待ち合わせ場所に着いたはいいものの、無事に柏崎に会うことができるのか少々不安だった。事前に、黒地に水玉のワンピースを着て、髪は長め。赤い眼鏡が目印だと言われてはいたが、間違えて違う人に話しかけてしまえば恥ずかしいどころの騒ぎではないからだ。

暑さで頬に垂れる汗をハンカチで拭いながら探していると、それっぽい人物が街路樹の下にいるのを見つけた。まずは周りを確認して他に似たような恰好をしている人がいないかを確かめる。それからこっそり近付いて、探偵の真似事のように物陰からこっそり容姿をうかがった。そうして初めて柏崎であろう人物を見た有希は、その顔に既視感を覚えた。どこかで会ったことがあるような気がするけれど、記憶がぼんやりとしていて思い出すことができない。

実際に話しかけてみれば、もしかすると何か思い出すかもしれない。そう考えて、有希は一呼吸置いてから近付いた。

「あの、ちょっといいですか」

「はい？」

有希は女性に話しかけるが、なぜか予想していたものとは違う反応が返ってくる。

知らない人に話しかけられた時のような、不思議な表情を浮かべたワンピースの女は、こちらを見て首をかしげた。

間違えた、そう思った。火が出るんじゃないかというほど顔が熱くなって、焦りであまり呂律が回らない。こんな時、いったいどうすればいいのだろう。混乱した有希は、思いつくままに言い訳の言葉を口にした。

「あ、えっと、すみません。人違いでした……」

そう言って、そそくさと立ち去ろうとする。けれどそのワンピースの女は急に驚いた表情を浮かべ、それから口元を緩めて愉快そうな表情を浮かべた。

「いや、これは驚いたな。まさか、君だったとはね」

その話し方を聞いて、唐突にあの日の記憶が鮮明に蘇ってきた有希。頭の中で、たった一つだけ予想めいた答えが浮かぶ。それは彼女が眼鏡を外したことで確信を得た。

「久しぶりだね、七海有希さん」

有希の名前を呼んだのは、成瀬由紀奈その人だった――。

駅前の小洒落たカフェに到着し、席へと案内された有希は柏崎に聞きたいことが山ほどあった。けれど突然の再会に思考のすべてを持って行かれて、いったい何の話から切り出せばいいのか思いつかない。そうやって一人で考えあぐねていると、注文したカフェオレを店員さんが持ってくる。柏崎はココアを頼んでいた。

「作家になれたなら、私に報告してくれればよかったのに。知っていれば、もっと早くに祝福していたよ」

「あ、すみません……」

謝ることではないのに、反射的に謝罪の言葉が口に出る。有希の本当の気持ちとしては、真っ先に成瀬に報告したかった。けれど運よく作家になれただけの自分が、簡単に夢を叶えたと言ってもいいのか不安だったのだ。そんなあやふやだった気持ちを正直に柏崎に伝えると、どこか納得したように「なるほどね」と言って頷いた。

「確かに圧倒的に読ませる実力があるとすれば別だが、作家になるには運の要素が大きく絡んでくる。だから君の運がよかったという解釈は、あながち間違いではないよ。けれどそれは、君が書き続けなければ決して得ることのできなかったものだ。あらゆる物事に共通することだが、頑張らなければ運を手繰り寄せるステージに立つこともできないのだから」

だから君は、あの日の宣言通りに作家になることができたんだね。穏やかな表情で励ます柏崎の言葉が、有希の胸の奥に優しく沁み込んだ。自分の考える理想の再会の仕方ではなかったけれど、ずっと憧れだった人物が目の前にいて、作家だと認めてくれている。あの時、何も持っていなかった自分が、今同じ立場の人間としてここにいる。

今ここにいる自分は、あの頃と比べてちっとも変わってなどいない。けれども自分を変えるための扉は、確かにこの手で開いたのだ。あの時になりたいと思い描いた自分の姿を、ただがむしゃらに追いかけた先に今がある。

初めて柏崎と出会った時に言っていたあの言葉の意味を、有希はようやく理解できたような気がした。

「柏崎さんは、どうして編集者の仕事もしているんですか？」

「それはね、逆なんだよ。編集者の仕事が先で、作家が後だった。そして作家を志した理由は、実は君と同じなんだよ」

自分と同じだという言葉の意味が分からず、有希は首をかしげて見せる。

「編集者の仕事をしていて、担当している作家がその手で多くの人の心を動かしているのを、私は間近で見ているだけだった。初めはそんな素晴らしい仕事の一助をしていることに満足していたけれど、次第にそれじゃあ満たされなくなっていったんだ。

初めての動機は、彼のようになりたいというものだったんだよ」

確かに柏崎の話す動機は、自分のそれと似通っていた。まだまだ実力の面では遠く及ばないのに、妙な親近感を有希は抱く。

「きっと人はみんな、初めはなりたい自分の姿を想像するんだろうね。そしてそんな理想の自分に近付くために、いつしか夢が生まれる。そういう風に、できているんだ」

君も、もし目指したい自分の姿が曖昧になってしまった時、初めの自分を思い出すといい。そんなアドバイスをもらって、きっと本質的なことはあの時と同じように理解できていないけれど、心の隅にとどめておこうと思った。いつか思い出した時に、その言葉が自分の支えとなるかもしれないから。

積もる話はいくつもあったけれど、思い出話は一旦そこで終了となった。元々新作の刊行についての話し合いの場だったということを、有希はようやく思い出す。柏崎も自分も、この場所には仕事として来ているのだ。

柏崎は持ってきたカバンの中から、今まで有希が出版した小説を取り出して目の前に並べた。

「まず先生の一作目だけど、デビュー作にしてはすごく売れてるね。中高生の抑圧された恋心を的確に掴んで、物語としてよく表現できている。ありきたりなように見えて、琴線（きんせん）に触れるところが数多くあるから多くの人に刺さったんだろうね」

　憧れの人に先生と呼ばれることに違和感を感じずにはいられなかったが、変に話を脱線させたりせずにお礼を言った。

「でもその作品は、高校生の時に書いたものなんです。無我夢中で書いていたから、同じようなものを書けと言われて書けるかはわかりません」

「そういう風に考えているのだろうなというのは、二作目を読んだ時に感じたよ。おそらくこっちは随分と苦労をして書いたんだろうね」

　有希の脳裏に、苦い思い出が蘇ってくる。今まではなるべく思い出さないよう努めていたけれど、今はそういうわけにはいかない。前に進むと決めたからには、過去の自分の失敗した行いを分析して乗り越える必要があるから。

「二作目は、あと一歩想像力が足りていませんでした。もっと時間があればと思った時期もあったんですけど、今思えば追加の猶予があっても結果は同じだったと思います。自分の経験で補うというのは、おそらく難しかったと思うので」

　その証拠として、有希は未だにあの物語の正解を見つけることができていない。ということは、たとえ一年時間があっても無理だったということだ。

「つかぬことをお聞きするけれど、先生に恋人は？」

「今はいません」

　強がって〝今は〟と枕詞を付ける自分のことが、どこか幼く見える。それから正直に、最近周りの人によく説明する元カレのことをかいつまんで話した。通算三人目の説明だから、いつの間にか嫌な思い出をすんなり話すことのできている自分がいて、なんとなく複雑な気持ちになった。

話を終えると、柏崎は有希に同情しつつも不運な出来事に笑いを見せていた。そんな様子を不快に感じることもなく、むしろ笑い飛ばしてくれて少しは精々したような気がする。いつまでも重苦しく考えるわけにはいかないからだ。

「初めてできた恋人にとって、君は浮気相手だったわけか。これは傑作だな」

「笑えてきますよね。自分も信じられませんでしたから」

「まあ不運であることには変わりはないけれど、先生のその後の生き方に少なからず影響を及ぼしているなら、あながち悪いことばかりではなかったのかもしれないね。きっと二作目も、その経験を参考にしたんだろう？　そういう意味では、とてもいい経験になったね」

目じりに涙が浮かぶほど笑った柏崎は、取り出したハンカチで目元を拭う。未だ有希の話の余韻が抜け切れていないように見えたが、そのまま話を続けた。

「きっとモデルが自分で、主人公の女の子を重ねて見ているんだろう。だとするなら、先生が過去を乗り越えて幸せにでもならなきゃ、二作目の答えは出ないだろうね。そして無意識のうちに重ねてしまっているから、全体的に物語が悲壮に満ちている。書いている時、精神状態もあまりよくなかったんだろう。一作目に比べてそれほど手に取られなかったのは、そういうところが原因なのかもしれないね」

数年ぶりの再会だというのに、まるで今までの自分の姿を見ていたかのように言い当てていて、この人の観察眼はとても優れているのだと尊敬する。それから柏崎はすぐに本題へと移った。

「さて、初めに言っておくが、私は作家の自主性を尊重するタイプなんだ。こちらから提案することはあっても、それは強制じゃないから自由に受け取ってくれていい。書きたくないものを書いたところで筆は乗らないだろうし、そういう気持ちは読者に見透かされてしまうからね。けれど君が決めたことには、全力でサポートさせてもらう。そしてその結果が仮に芳しくなかったとしても、私は最後まで担当編集として責任を取るつもりでいるよ」

二人三脚で、これから頑張っていこうか。そう言って、柏崎は笑顔を見せた。きっとこの人になら、安心して付いていくことができる。有希は心の底からそう思うことができた。

初めて会う担当編集だから緊張していたが、そんな不安は杞憂だった。もう決して中途半端なものは作らないと、有希は気持ちを新たに心を引き締める。

「実は、次はこんなお話を書こうと思っていまして」

「すでに考えてきたのか。やる気に満ちているのは大変結構だ」

Ａ４用紙三枚分にまとめた企画書兼プロットを、柏崎に手渡す。有希が実際にまともなプロットを書いたのは、以前刊行した小説が初めてのことで、今回は二回目だった。前回で慣れたものの、出版社によってプロットの体裁が違っていたらどうしようという不安があった。デビューしたての有希はそんな当たり前のことが分からず、特に親しくしている作家もいないため、事前に情報を収集するなどということはできなかった。しかし柏崎が読み始めてから、特に何かを指摘するようなことはなかったため、ひとまず安心する。

「そうか。次も青春モノか」

何か引っかかることがあるのか、柏崎はプロットに目を落としながら口元に手を添えている。急に自信を喪失し始めた有希は、恐る恐ると言った風に訊ねる。

「もしかして、面白くないですか……？」

「いや、仮に面白くなかったとしても、これから面白くしていけばいいんだから気にしなくていいよ。ところで、先生の小説の得意分野は、恋愛青春モノで間違いない？実はこういうものが書いてみたいとか、得意だというものがあったら教えてくれ」

「今まで、青春小説しか書いてきたことなかったです。一番身近で想像しやすくて、好きなジャンルだったので」

「なるほどね。それが好きなら、間違いはない」

　しばらくプロットを読みながら黙々と考え事をしていた柏崎は、思考がまとまったのか紙を机の上へと置いてこちらを見た。

「違うジャンルを書くことも考えたけれど、今回は今までの得意分野で問題ないね。二作目からファンになった読者に、君の持ち味を見せつけてあげるといい」

「一作目のファンに向けて書くんじゃないんですか？　自分で言うと少し悲しいんですけど、二作目で多くのファンの人が離れていったと思うんです……」

「たとえ離れて行っても、先生の一作目が好きなことには変わりないよ。君が一番納得できる面白い小説を書ければ、気になったファンは口コミを見て戻ってくるだろう。だからそんなことを気にするよりも、君はまず自分の作品をもっと大切にした方がいい。二作目で君のことを好きになった人は、必ず存在するんだから」

　そんな風に軽く叱られるように言われて、有希は佐倉のことを思い出していた。そういえば彼の一作目の感想は微妙なものだったけど、二作目は好きだと言ってくれていた。確かに好きだと言ってくれている人がいるのに、作者である自分が胸を張れないなんて失礼にもほどがある。ファンの人にも、自分の作品に対しても。

「この作品、胸を張れるような作品になれますかね？」

　まだイマイチ自信の持ちきれない有希に、柏崎はそれは愚問だと言うように誇らしい顔を浮かべた。

「それはこれから私たちが育てていくんだろう？　きっと、多くの人に愛される作品になるさ。そしてまずは物語を詳しく練っていかなきゃいけないけど、それ以前に君には致命的な欠点があると私は踏んでいる」

「致命的な欠点、ですか？」

柏崎は頷いて、プロットのキャラクター設定の部分を指で叩いた。

「君は物語を動かしやすくするためなのか、それともレパートリーが少ないからなのかはわからないけど、キャラクターに幅がない。この新作のキャラクターは、二作目の主人公と似通っているし、こっちは一作目のヒロインと同じだ。もう少し、個性を探した方がいい」

「個性って、どんな風にしたら出せるんですかね？」

「ありきたりなもので極論を言ってしまえば、クラスの人気者みたいな子が実は病を背負っている、という設定だな。今ではもう手垢が付きすぎて目新しさなんてそれほどないが、初めて見る人にとっては興味が惹かれるだろう」

それは有希にとってもわかりやすいたとえだった。

「どこか身近にいないのか、そんなギャップのある人物」

一番初めに思い浮かんだのが、小説家で、同時に編集者の仕事もこなしている人のことだった。けれどそんなことは柏崎の前では恥ずかしくて言えるはずもなく、代わりに自分の身近な人物を思い浮かべてみる。とはいえ高校時代の友人とは漏れなく疎遠になってしまったし、大学で話すような人たちも誰一人として知り合いの域を出ない。自分は友達が少なく、そしてちゃんと向き合っていないのだという事実に、なんだか悲しい気持ちになった。

それでも最近有希にはよく話をする二人がいて、なんとなく頭の中で彼らのことを思い浮かべた。

「普段は飄々としているくせに、大事な時は本音で話してくる奴とか」

「あぁ、現実にも居そうだね、そういう人は。そいつの付き合っている人が、全然似たタイプの人間じゃなかったとしたら、少し興味を抱くかもしれない」

「普段は虫も殺せないほど穏やかな人で、けれどちゃんと周りのことを観察していて、自分の中に熱く燃える信念があるような人とか」

「許せないことの線引きが確かにあって、そんな人が本気で怒るようなことがあれば尚いいな。私は好きだ」

当然のように有希は高梨の姿を思い浮かべていたが、柏崎が期待しているような本気で怒るような男ではないなと思う。怒り方も知らないようなあの人が、今までの人生で本気になってキレたことがあるのだろうか。

「まあ、私が登場人物や物語を考える時は、だいたいそんな感じでイメージしてるよ。参考にするかしないかは、もちろん君次第だがね」

その人らしさを前面に持ってきて、らしくない部分を考える。今まで深く考えもしていなかったことだったから、有希にとってそのアドバイスは、とても参考になるものに間違いはなかった。

その後、飲み物を飲みながら世間話を軽くした後、そろそろお開きにしようかという柏崎の言葉で打ち合わせが終了した。飲み物の他にもポテトなどの軽食も注文して、二人でつまんでいたから、有希は代金を割って精算をするつもりだった。そのためお会計の際に財布を取り出す。

「悪いね、ちょっとこのカバンを持っていてくれ」

「え？　あ、はい」

柏崎は高級そうなカバンを持たせると、手の塞がっている有希を無視してさっさと一人で会計を済ませてしまった。それから領収証を貰い、「それじゃあ駅まで行こうか」と言って彼女は店の外へと歩き出す。その後を、追いかけるようについていった。

「あの、お金……」

「これは会社の経費で落ちるから、気にしなくてもいいよ」

以前担当してくれていた人とは、こんな風にお店で会って打ち合わせをしたりはしなかったため、打ち合わせ代が経費で落ちるというのは初めて知ることだった。会社の経費で落ちるとはいえ、人にお金を払ってもらっていることに変わりはないため、カバンを返した有希は「ありがとうございます」とお礼を言った。「律儀だね。それは君のいいところだよ」と褒められて、感謝をするのは普通のことだとは思ったけど、褒められて悪い気はしなかった。

そして二人で駅まで歩いていると、突然柏崎は有希にある質問をした。

「君は、小説を書くことに迷いを生じているね」

どうして、そんなことまでわかってしまうのだろう。もしかすると、自分が知らないだけで顔に書いてあるのだろうかと有希は考え、手のひらでほっぺを触ってみる。そこには、いつも通りの感触しかなかった。

「どうして、そう思うんですか？」

「本を読めば、なんとなく分かる。一冊目は文章が乗っていたけれど、二作目のテンポは少し悪かった。あとがきの文章だって、デビュー作は内から溢れる喜びを抑えきれていなかったのに、二作目はずいぶんと淡白だった」

「そんなところまで見てるんですか……」

「作家を導く編集者なら、当然のことだと思うけどね」

まだ編集者という人間に出会ったのは二人しかいないけれど、きっとそこまで深読みしているのはこの人だけだろうという自信があった。少なくとも、二作目まで担当してくれた人は、考えていない。

「すべての物事に共通して言えることだと私は思うけれど、大切なのはどういう人間でありたいかという気持ちだ。余計なことを考えてしまえば、せっかく得られたものがとても遠くにあるように感じてしまうよ。頭の隅にでも置いておくといい」

柏崎という女性は、時に難しい話をしてくる。初めて会った時も、こういう改まった話をする時に、持って回ったような言い方をしてきた。きっと深く考えれば理解はできるのだろうけれど、今話した言葉の意味を今すぐ知りたかった有希は、「それって、具体的にどういう意味なんですか？」と訊ねた。

柏崎は、ちょうどいい言葉を探すように、顎に手を当てて考えるそぶりを見せてから、言った。

「端的に換言すると、君がどうしたいかという気持ちが、一番大切なんだと思うよ」

その換言した言葉を聞いても、有希にはその意味がイマイチぴんとは来なかった。

それから駅の改札口での別れ際、有希は柏崎に大きく頭を下げた。

「先生、ありがとうございます」

改まってお礼を言うと、珍しく柏崎は余裕のある態度から一転して、不思議そうな表情を浮かべた。

「どうしたんだ、突然」

「先生のおかげで、今の私があるんです。どんな物事にも興味を持てなかった私が、偶然先生のサイン会に立ち寄って、その後の人生が良い方向に大きく変わりました。ずっと、あの日からずっと、お礼が言いたかったんです。本当は、もっとちゃんとした形で言いたかったんですけど……」

数年分の感謝の気持ちは、こんな短い言葉で済むはずがなかった。けれど、これ以上話してしまうと余計なものが溢れてきてしまいそうだったから、有希は唇を強く噛みしめた。そんな有希の小さな頭に、柏崎は手のひらを乗せる。

「それは、君がもともと持っていた気持ちだよ。君はきっと、初めからそういう人間でありたいと願っていたはずだ。私はそんな君の心の扉を、少し叩いてあげたに過ぎない」

だからせめて、最初の気持ちを忘れたりしないように頑張るといい。最後にそう言うと、柏崎は改札を通って駅のホームへと消えていった。それを見送った後、彼女と再会した時からずっと堪えていた有希の心の波が、ようやく音を立てて決壊した。

それからのすべての日々が、有希にとって再び意味のあるものになった。新しい物語を書くために物事を深くまで考えて、自分の言葉にできるように努力するようになったからだ。そして次の作品でまた一から始めるのだという気持ちが、有希の心を大きく奮い立たせた。

担当編集である柏崎とは、プロットを練り上げる段階で何度かビデオ通話で打ち合わせをしている。初めての打ち合わせの際に彼女から習った、ギャップを大切にするというアドバイスを基にキャラクター像を決めていき、さらに愛着がわくようにと自分で細かな設定も追加で考えた。今までキャラクターよりもストーリーに重きを置いていた有希にとって、その初めての試みは新鮮な経験だった。

そして、誰かと一緒に物語を考えていくというのも、これがほとんど初めての経験であり、意見や解釈の食い違いで思い通りに進まないという、少々じれったい思いを抱えることがあった。けれど初めに柏崎が言ったように、最終的な判断は有希に任されているため、代替案や入れた方がいいエピソードに関して意見はするものの、それを入れ込むことを強制させたりはしなかった。

そんな柏崎と話していて、有希は一つ気づいたことがあった。それは、彼女が否定の言葉を使わないことだった。疲れていて、明らかに採用されないような浅はかな意見を口走ったとしても、真っ向から違うとは言わず、少し置いて考え「それなら、こうするのはどうだろう」と、柏崎の考えを組み合わせた代替案を提示してくれる。どんな時でも、こちらの意見を最大限尊重してくれるのだ。

一度、世間話の一環として、それを意図してやっているのか有希が訊ねると、柏崎は「いや、そんな難しいことをいちいち考えながら話していないよ」と答えた。ということは、それは彼女自身の人柄によるところが大きいのだろう。自分が社会人になって働き始めた時、後輩を持つような年代になったら、そういう細かな部分に気を配れるような人間になりたいと有希は思った。

そのようにして定期的に意見を交換しつつ、季節はいつの間にか秋に差し掛かっていた。ようやく双方が納得できるプロットが出来上がり、達成感に喜びを感じるのも束の間、これからが本当の闘いだということを忘れるわけにはいかなかった。次はこのプロットを基に、物語を書いていかなければいけない。作家にとって、ここが一番大変だと言っても過言ではない。

「他の作家の状況を見てまた相談させてもらうけど、書籍の発売は三月か、もしくは四月ぐらいだと考えておいてくれ」

電話での打ち合わせで、ついに明確な締め切り日を言い渡される。けれどプロットはすでに固まっていて、期限も余裕があるから不安はなかった。大学の勉強も定期的に習ったことを復習しているため、学年末のテストには自信がある。

唯一の懸念は、この作品が売れるかどうかという問題だが、これぱかりは発売してみないと分からない。そしてそんな質問をしようものなら、「多くの人の手に取ってもらえる作品になると、私は自負している」と言うに違いない。肯定することはわかっていたから、その言葉に甘えないために、愚直な質問はしなかった。作者である自分自身が、胸を張って送り出してあげなきゃいけないのだから。

柏崎と再会してから今まで、何もかもがうまくいっていた。こういう良い出来事が続いた時、決まって自分に悪い出来事が降りかかるというのは、これまでの人生で痛いほどに学んでいる。だから波に乗っている時ほど、慎重にならなければいけない。

しかしそう簡単に不安な気持ちを取り除くようなことはできず、一度柏崎に折を見て相談してみる。しかし彼女は「それが人生というものなんだから、仕方がない」と、きっぱり言い切った。曰く、成功だけでは本当に大切なものを学ぶことができないから、人は失敗するのだと。

「日本には、失敗は成功のもとという素敵なことわざがあるじゃないか。よくないことがおこるということは、次に必ず幸せなことが訪れるものだよ」

それに、不幸を感じることができなければ、きっと人は本当の意味で幸せを享受することができないんだ。そう付け加えた柏崎は、やっぱり自分が見上げてしまうほどに大人びていると有希は感じる。不安な気持ちは、ほんの少しだけ拭えたような気がした。

そして対照的に、有希がうまくいっている間、隣の部屋に住んでいる高梨は小説のことで悩みを抱えているようだった。どうやら応募した新人賞の一次選考で落選したらしく、酷く自信を喪失してしまっていた。そんな時に励ましてあげられたらよかったのだけど、有希も新作の執筆で忙しく、なかなか高梨と話をする機会が減っていた。

十二月に差し掛かり、本格的に初稿の追い込みが掛かり始めた頃、具体的な発売日が四月の初旬に決まった。すでに原稿は九割書けており、今までよりかなり余裕のあった執筆期間だと言える。書きあがった初稿を柏崎に送信したのは、十二月の二十四日だった。そのメールの返信に「嬉しいクリスマスプレゼントをありがとう」と書かれているのを見て、有希は今日がクリスマスのイブであることを知った。生まれてこの方、このイベント事に一ミリも関与したことのなかった有希は、一人で悲しい気持ちになった。

せっかく解放的な気分になったのだから、狭い部屋で閉じこもるのはやめて、外へ繰り出してみようと思い立つ。せっかくだからと、隣の部屋の高梨を誘ってみようかと思ってインターホンを鳴らしたが、あいにくなことに不在だった。どうせなら一緒にケーキでもと考えていたけど、いないなら仕方がない。きっと、今日も大学なのだろう。結局有希は、一人で駅の方へと繰り出すことにした。

誰かと会うわけでもないけれど、見栄を張るために有希は久しぶりに化粧をした。

トップスは冬の景色に合うと思い真っ白なニットを着て、下は対照的にグレーのワイドパンツをはく。スカートやワンピースを着ることもあるけれど、個人的には歩きやすく適度に暖かいズボン系統の服の方が好みだった。

そして街に繰り出した有希は、特に予定もなく飛び出したため、暇を持て余してしまっていた。ケーキの食べれるお店に入って、クリスマス気分でも味わおうかと思っていたけれど、現地に着いてから今さらのように躊躇われた。それもそのはず、店内はカップルの姿でごった返していて、女性でソロの客なんているはずもない。店内に入って早々「お一人様ですか？」と店員に訊ねられようものなら、一瞬にして他の客の好奇の的だ。それだけは避けたいと思って、敷居を下げるべく手軽なファストフードのお店を調べてそちらへと向かう。この世の中は、とてもお一人様に厳しい。

そんな寂しいことを考えながら歩いていると、目の前をふと見知った顔の男性が歩いているのを見つけた。こちらが先に気づいたから、隠れてしまおうかなと悩んだけど、久しぶりだから少し会話をしたい気分になった。そのまま人の流れに任せて歩いていると、彼はこちらに気づいてくれる。

佐倉は有希を見つけると、途端に穏やかな表情を見せた。半年ほど前のちょっとしたいざこざが起きた時から、彼とは大学ですれ違った時に軽く話をする程度の仲になっていた。初めは悲しいまでに生理的に受け付けない相手だったけれど、彼なりにいろいろ考えて行動していることが分かってから、有希も認識を少々改めている。

「どうしたの、クリスマスに一人で。美結さんは？」

「今年は地元の友達でパーティーするんだってさ。だから、今年は一人」

一人で歩いていたから別れたんじゃないかと心配したけれど、仲良くやっているようで有希は安心した。付き合いが長いと、特別な日に会わなくても平気になるのかもしれない。

「有希さんは、彼氏できた？」

「佐倉くんは、私と喧嘩（けんか）したいの？」

「いや、そういうわけじゃないんだけどさ」

「じゃあ会うたびにそういうこと聞くの、いい加減やめた方がいいよ」

実際、久々にすれ違うたびに彼氏の有無を聞かれているため、もう慣れた会話になっていた。お互いに冗談だと分かっているから、佐倉もへらへらと笑う。

「有希さんは、高嶺の花なんだろうね。好いてる人は多いけど、話しかけて仲良くなるのは難しいから」

「またつまらない冗談。いい加減、彼女いるのに別の女の人を口説こうとするのやめなって」

「痛いところ突いてくるなぁ。でも、別に口説いてるわけじゃないよ」

ところで、有希さんこそどうしたの？　そう訊ね返されて、取り繕うのも馬鹿らしくなった有希は、「普通に散歩」と答える。すると彼は「ちょうど僕も、イブの街を散策してたんだ。よかったら一緒にどう？」と誘ってくる。

相手がいればケーキも食べれるから万々歳ではあるが、素直にその話に頷くには若干の抵抗があった。

「彼女いるのに、別の女の子と出歩いちゃだめでしょ。しかもイブだし」

「そういうところ、お互いに寛容なんだよ。美結も今日のパーティー男の人来てるはずだし」

最近の若者はそういうものなのかと、有希は常識をアップデートしておかなければいけないと思った。小説で前時代的なことを書いてしまえば、若い読者に白けた目で見られるかもしれない。なるべく若い人に見られたい有希だった。

「それじゃあ、ケーキ食べたい。一人じゃ入りづらかったの」

「有希さんは甘いものが本当に好きなんだね」

女の子だから。そう言うと、佐倉ははしゃぐ子どもを見つめるような笑顔を浮かべた。

現在地からほど近いところに、ケーキバイキングのお店があることを知っていた佐倉の提案で、目的地はそこに決定した。お昼時は混むかもしれないからと、早めに向かったが店先で列ができているというようなことはなかった。ただ店内は人が結構密集していて、ケーキの置いてあるカウンターの前は争奪戦のような様相を呈していた。

席に着いてから店員さんに説明を受け、すぐに有希は立ち上がる。先に佐倉の食べたいものの要望を聞いてから、単身人ごみの中へとまぎれて行く。正直人がたくさんいるのは好きではないけれど、そこに甘いものがあるなら話は別だった。

ミニサイズのケーキやタルト、フルーツムースをお盆に載せてテーブルへと戻った有希の表情は、ここ最近の中で一番輝いていた。

「そういえば新作、順調そう？」

ミルクレープをほおばっていた有希は、ゆっくりと飲み込んでから答える。

「ちょうどさっき提出したよ。あとは改稿したり、編集作業だけ」

「そうか、ついにか」

佐倉もケーキを食べながら、どこか自分のことのように有希の報告を喜んでいた。

「出版したら、見本誌で何冊かもらえるからあげようか？」

「いや、いい。自分で買った方が、自分のものって感じがするから。それに少しでも売り上げに貢献したいんだ」

そこまで律儀に考えるなんて、やっぱりこの人は変わっているなと有希は思う。もし同じ立場なら、自分はありがたく小説を受け取っていたかもしれない。

「今回は前と比べて順調そうなの？」

「うん。余裕持って書けたし、担当編集の人と何度も意見のすり合わせしたから」

「二人で話し合って折衷案を見つけるなんて、案外大変そうだね。自分の意見が通らなかったりしたら、モチベーションが下がったりするんじゃない？」

「それは、別に。今の担当さんは、〝君が書きたくないことだったら、無理して書かなくてもいい〟って言ってくれる人だから。あ、今の話し方ちょっと似てたかも」

「他人の意見を尊重できるなんて、大人なんだね。そういうところ、見習いたいな。

なぜか自分のことのように喜ぶ表情を見せる彼のことも、大人だよと有希は思う。

そんなことを言うのは恥ずかしいから、代わりに彼の皿に載っているチーズケーキを一つ頂戴した。いわゆる、照れ隠しだ。

「いい編集者っていうか、作家さんでもあるんだよね。それに、私がこの世界に足を踏み出したきっかけでもある人なの」

興味深げに、少し身を乗り出して話の続きを促す佐倉。そういえばこの話はしていなかったなと、今さらながらに思い出した。有希は先生との出会いを、かいつまんで彼に話した。

「なるほど。運命的な出会いというやつだ。その日にサイン会に足を運ばなければ、有希さんの人生は百八十度変わっていたのかもしれないね」

「ただの偶然だけどね」

「けれど、きっかけというものは一番重要なもののような気がしてきたよ」

そう話す佐倉は、ケーキを食べながら少し考えて、自分の意見を話した。

「もしかすると、実は夢や目標というものは、突然現れたり生まれたりするものじゃないのかもしれないね」

それって、どういうこと?どこか柏崎を思わせるような持って回った言い方に、有希はつい首をかしげる。

「つまり僕が思うのは、なりたい自分の姿に付随するように夢があるのかもってことなんだ。僕もほとんど偶然、君の小説を読んだわけなんだけど、特に感動はしなかった。それなりに意識や考えを改めさせられたけどね。そういう意味では、その後の人生に結構影響があったけれど、そこで小説家になりたいと思わなかったのは、そういう自分を欲していないからなのかもしれない。人はいつも、後押ししてくれるような何かを探し求めているんだよ。そして叶えたい自分の姿をそこに見出した時に、初めて夢が生まれる」

本当は有希さんも、そんな風に誰かに必要とされたいとか、変わりたいって心のどこかで感じていたんじゃない？そんな彼の話す言葉が、驚くほどすんなりと有希の心の中に納まった。自分が作家を志した、一番最初の理由。そして、柏崎が本当に伝えたかったこと。

――誰かの閉まっている扉を、開けてあげたいと、私は思うんだよ。

あの時話してくれた言葉は、とても単純に言い換えるとするならば、〝後押ししてあげたい〟という意味だったんだろう。人生に意味を見出せず、やりたいことも見つからず、ただ日々を無為に消費していく毎日の中で、自分を変えてくれるものを欲していた。そんな時に、小説に出会った。

私はいつだって、孤独の中で光を求めていた。

それからお腹がいっぱいになった二人は、佐倉の提案で街にある他のお店をぶらぶらと散策することになった。しかし外は雨が降っていて、有希はあいにく傘を持ち合わせていない。困った表情を浮かべていると、隣にいた彼が大きな紺色の傘を広げた。そうして、何も言わずに有希を中へと入れてくれる。

「それじゃあ、行こうか」

「ちょっと待って、それは彼女さんに申し訳ないんだけど」

そう言って、慌てて有希は傘の外へと出る。けれど佐倉は空いた距離をすぐに埋めてきて、こつんと二人の肩がぶつかった。その拍子に、有希の心は大きく高鳴った。

「こんな雨の日に、君だけ放っておくなんてできないよ。それこそ美結に見られてたら、僕が怒られる」

　別に見られてないんだからいいじゃん。そう言いたかったが、言って聞いてくれるような人でもないから、有希は複雑な気持ちでありがたく傘の中に入れさせてもらった。すぐそばにいると、彼の心地いい匂いが鼻の奥を優しく刺激する。

　それから駅前のショッピングモールに入ってあてもなくぶらぶら歩いていると、有希が好みとしているレディースファッションの専門店が見えた。あそこ、ちょっと覗いてみたいな。そんな提案をしようとしたら、先に佐倉が「あのお店の洋服、有希さんに似合いそう」と言った。ちょっと入ってみる?と彼の方から提案されて、有希は頷いていた。

　昔から有希は、あまり露出の多い服が好きではなかった。だからなるべく肌の隠れる洋服を選んで着ているのだが、そのお店の服は明るい色のものを基調としていて、どことなく清楚（せいそ）な雰囲気が漂っているため、高校生の頃から贔屓（ひいき）にしていた。そもそも、こんな真冬の時期に露出の多い服なんて、そうそう売られていないんだけども。

「私、ずっと昔は、こういう服に興味が持てなかったんだよね。自分が着てる姿も想像なんてできなかったし、どこか遠い世界のことのように思えてならなかった」

白の足首辺りまで伸びるプリーツスカートを手に取りながら、そんな昔話を佐倉に話す。

「普段から有希さんは十分綺麗だけど、こういう清楚系の服を着た方がもっと映えると僕は思ってるよ」

「だから、なんで彼女いるのにそんな口説くようなセリフ言うのさ」

「ごめんごめん。有希さんが戸惑う姿を見るのが、たぶん好きなんだよ」

「それ、すごく嫌な趣味だよ」

そんな一面を彼女に知られれば、きっとドン引きされるに違いない。おそらくこういう都合の悪い部分は隠しているのだ、意図的に。けれど今の有希にとっては、そんな彼の態度も別に不快に思うようなことではなかった。そうやって冗談を言って笑わせてくれるところが、彼のいいところだと思えてしまうから。

だからきっと、彼と付き合っている美結という女性は、一緒にいる時はいつも笑っているに違いない。そんな想像が頭の中に降って湧いたところで、やはり今ここに二人きりでいる事実が申し訳ないと思ってしまった。

「指輪とかの装飾品は、着けたりしないの？」

有希の白く細い指を見ながら、佐倉は何げなく訊ねてくる。周りの女性が綺麗な指輪を一つのアクセントとして着けているのを見て、うらやましく思ったことはなくはなかった。けれど、そういうお店にふらりと立ち寄った時にいつも考えてしまうのだ。

「小説書く時に、邪魔なんじゃないかと思って」

指輪をはめたことがないからわからないけれど、いつも指にはまっているのを見ていると、なんだかそんな気がして気持ちが引けてしまうのだ。

「別に、気にならないと思うけど」

「そうなの？」

「美結と一緒に出掛ける時に、前に貰ったものを着けてるけど、そこまで気にならないよ」

そう言うと、佐倉はスマホの画面を開いて銀色の指輪をはめている写真を見せてくれた。その指輪は右手の薬指にはまっていて、やっぱりお洒落で素直にうらやましいなと有希は思う。

「指輪売ってるお店、見て行ってもいい？」

欲望に駆られた有希は、とりあえず見てみるだけという言い訳をした。佐倉は快く承諾してくれて、向かいにあったお店に足を運ぶ。店先に並べられたショーケースの中には、銀色に輝く指輪が手ごろなお値段で販売されていて、その一つに有希の目が留まった。あまり径が太くない、控えめな主張をしているツルツルとした表面のリング。

気になっていることに佐倉は気づいたのか、近くにいた店員さんを呼んで「着けてみてもいいですか?」と聞いてくれた。勝手に話が進んでいき、有希は子供のように自分が気になっていたリングを指差した。そのリングは驚くことに、有希の右の薬指にぴったりとはまって、思わず「おぉ」という意味の分からない声が漏れた。

「とってもお似合いですよ」

ケースを開けてくれた店員さんが褒めてくれて、お世辞だと分かっているが上機嫌になる有希。けれどやっぱり、自分には早い気がする。そう悲観的に考えて、有希ははめていた指輪を店員さんに返した。

「ありがとうございました」

「買わないの?」

そう訊ねる佐倉に、有希は頷く。

「やっぱり、早いなって」

「すごく似合ってたと思うけど」

「ありがとね。でも、いいの」

有希の本心としては、早いというよりも、その指輪を自分で購入して普段からはめる勇気が、未だに持てないのだという理由が大きかった。だから、購入には至らない。

本当は、彼が似合っていると言ってくれたから、ずっと着けていたかったけれど。

そんな心の内が見透かされていたのか、佐倉は持ち場に戻ろうとした店員を引き留めると、「これ、ください」と言った。状況が呑み込めなかった有希は、思わず財布に伸びた彼の手を掴んだ。

「ちょっと、それはさすがに申し訳ないよ」

彼女がいる手前、指輪なんてものを貰うわけにはいかない。そういう意味も込めての言葉だったが、彼は手を引っ込めたりしなかった。

「クリスマスプレゼント。いいじゃん、イブなんだから」

「でも……」

「有希さんには、実はとても感謝してるんだよ」

感謝されるようなことをした覚えなんて、有希には無かった。だからまた、取ってつけたような言い訳だろうと思ったが、佐倉は勝手に話を進めてお金を払い、指輪を購入してしまった。

もう、引き返すことはできない。その購入したばかりの指輪を、佐倉は有希に手渡した。

「本当に、すごく似合ってるから。着けててほしい。細かいことは、今は気にしないで」

押し切られるように言われて、有希は結局渋々頷いた。それから買ってくれた指輪を、その場で右手の薬指にはめて、意味もなく照明の明かりに当てて見せる。右手の薬指が、キラキラと光っていた。

「この、女たらし」

思わず口をついて出た言葉に、佐倉は苦笑いを浮かべる。自分がとんでもなく不誠実なことをしていると、この人は理解しているのだろうか。けれどほしかった指輪をプレゼントされた嬉しさが胸の内から湧き上がってきて、知らず知らずのうちに微笑みがこぼれていた。

「ありがとね」

感謝の言葉を伝えると、佐倉は照れ隠しをするように「やっぱり似合ってる」と言って頬をかいた。

その後は有希の提案で、書店に足を運ぶことになった。有希は先ほどプレゼントされたシルバーリングを、左手の指で大事そうになぞりながら、佐倉の隣を歩く。いつものように買いたい本があって、そういえば半年前にもこんな風に彼を誘って書店に来たことを思い出していた。

あの日と同じように、有希は新刊のコーナーへと向かって、購入するつもりだった作者の小説を手に取る。その小説を佐倉は横から覗きこんできて、「前にも同じ作家の小説買おうとしてたね」と話す。半年も前のことなのに、よく覚えているなと有希は感心した。そして、よく観察している。

「これ、面白いの？」

「あ、うん……」

「そう、面白いんだ」

興味深げにつぶやいた佐倉は、有希と同じ小説を手にする。それをぱらぱらと、めくり始めた。何か大きな既視感を覚えた有希は、それが大切なもののような気がして、必死で記憶の糸を手繰り寄せた。そして埋もれていた記憶の底から、ある一つの思い出を見つけた。

「あの時、小説を買ってくれた……」

ふいに蘇ったあの日の記憶をつぶやくと、ページをめくる彼の手が止まる。それは、今まで感じていた違和感や疑惑が、記憶のピースとぴったりはまって確信に至った瞬間だった。どうして初めに疑問を持たなかったのだろう。食堂で電話をしていたって、事前に名前を知っていたからって、たまたま書店で見つけた小説と自分を結び付けるなんて、察しがいいし都合がよすぎる。けれどそんなありえないようなことも、もし彼が書店で初めに自分を認識していたとしたら。それはあり得ない話ではなくなるのではないかと、有希は思った。

「もしかして、ようやく気づいた？」

答え合わせをするかのように、佐倉はそうつぶやく。

「あえて黙ってるようなことでもなかったのに……」

「別にそれをわざわざ恩着せがましく教えて、感謝されたいわけでもなかったから。正直君が気づかなければ、そのまま思い出として墓場まで持って行こうとも思ってた」

「それじゃあ、なんでそもそも私に話しかけて、バレるような真似をしたの。気づかれずに、持ってくんじゃなかったの？」

佐倉は持っていた小説を棚へと戻してから、しばらく逡巡した後に大きなため息を吐いた。今から話すことも、本来は伝えるつもりなんて端からなかったのだろう。

「君が落ち込んで弱っていくのを見ていると、放っておけなくなった。君みたいな人に、ずっと小説を書いていてほしかったから」

有希は二作目を書いていた時から続いていた、一番辛かった時期の記憶を思い返す。大切なことがうまくいかなかった時、排他的になっていた自分を陰で見てくれていた人がいることを、想像すらしていなかった。そして初めて会った時に感じた軽薄そうな男が、実はずっと陰ながら応援してくれていたなんて。

あの頃からいろいろな佐倉のことを知った、今なら分かる。彼は決して軽薄などではなく、とても誠実な男なのだ。もしかすると最初から見せていたあの態度も、すべて自分を励ましたり元気づけたりするための演技だったのかもしれない。

「君にすすめられて小説を読んでみてさ、すごく楽しそうに書いたんだろうなっていうのが伝わってきたんだよ。だから、出版ができたことも泣くほど嬉しかったんだなって知った。恥ずかしいことに、僕はそういうものを何一つとして持ち合わせていなかったから、純粋にすごいなって思ったんだ。そんな君が、たった一度の挫折で諦めてほしくなかった。だから、本当はずっと迷ったままだったけど、心を決めて君に近付いてた」

それが、自分に接触してきた一番の理由。ずっと、なんでわざわざ話しかけてきたのだろうと考えていたけれど、それは彼なりに悩んでようやく決めたことなのだと有希は知った。

「それじゃあ、一作目を読んで好みじゃなかったって言ったのも、ただの作り話だったってこと？　本当はすごい好きだったとか？」

「いや、それは残念だけど本当のことなんだ。読んでてすごく背中がかゆくなった」

本当なのかよと、有希は心の中でツッコミを入れる。性格から何まで虚構にまみれていたのだから、あの感想も作ったものであってほしかった。けれどまあ、好きなものはさすがに貶したりしないよなと、当たり前のことを思う。

「好みじゃなかった作品の作者に、よくそこまで入れ込めるね」

「好みではなかったけど、あの作品を読んで少し前向きな気持ちになったんだ」

「どういうところが前向きになったの？」

訊ねると、彼は少し恥ずかしそうに頬をかいてから、隠さず正直に話をした。

「付き合ってる彼女に対して、もっと誠実に向き合おうと思えた」

「なんで。もともと仲良さそうじゃん。遠距離になっても、無事に続いてるんだし」

恋人ができると、相手が異性と出かけるのを気にしてしまうものらしいが、お互いにそういう部分を許容しあっている。端から見て、とてもうまくいっていると有希は想像していたから、当然の疑問に眉を曲げる。

「初めて付き合った時から、結構経つんだよ」

「なにそれ、いきなりのろけ？」

「そうじゃなくて。一緒にいすぎて、これが恋かどうなのかが分からなくなってた」

恋愛小説を書いているのに恋愛に疎い有希は、世のカップルのそういう贅沢な悩みにはあまり共感することができなかった。それは、彼だけが思うことなのかもしれないけれど。

「勝手な話だけど、遠距離になった瞬間からもっと強く思うようになった。今の本当の気持ちは、いったいどうなんだろうって」

「そんなことを考えていたなら、遠距離になる前に清算しておけばよかったんじゃないの?」

「振ったら、少なからず傷付くことは分かっていたから。思っていることを正直に話すことができなかったんだ。とても独りよがりで、優柔不断で、情けない理由だっていうのは分かっているけど」

「先延ばしすればするほど、その後のことを期待して負う傷も大きくなると思うんだけど」

「それはまったく、その通りだ」

佐倉が彼女とうまくいっていなかったことは理解した。それが自分の小説とどう繋がるのだろうと、有希は首をかしげて本題を促す。

「あの小説を読んで、僕は付き合い始めて一番最初の楽しかった頃を思い出した。彼女のことを好きになった理由とか。むずがゆくて合わなかったけど、そういうことを思い出させてくれたからこそ、僕にとって大切な作品なんだ」

あの小説を読んでからは、美結とちゃんと向き合うようになってうまくやれてる。

佐倉はそんな話をした後に、有希にありがとうと感謝の気持ちを伝えた。有希はそんな改まった態度に気恥ずかしくなって、無意味に持っていた新刊の表紙を指先でなぞる。

「うまくいったなら、よかったね。もしかして、遠距離恋愛になったこと、今は後悔してるんじゃない？」

「それは、あまり。もともと僕は、違う世界も見てみたいと思ってたから。田舎なんだよ、地元。今は今で充実してる」

そういえば電車と飛行機を乗り継がなきゃ帰れないと、以前言っていたような気がするのを思い出した。

「実は私も、一回親元を離れて暮らしてみたいと思ってここに来たんだよね」

「有希さんも？」

「佐倉くんみたいに、恋人を置いてきたりはしなかったけどね」

そもそも、置いてくるような恋人もいなかった。

「外に出てみて、私は案外今の生活は充実してるし、精神的に成長できてるなっていう実感がある。佐倉くんは、どう？」

「僕も、充実してる。知り合いがまったくいない一からのスタートだったから、初めはストレスがたまったけど。でもそんな生活が続いて、お互いもうすぐ四年目になるんだね。時間が経つのは、すごく早い」

佐倉の言ったことは同じく有希も感じていて、ここ数年の時間の経過がまるで瞬きほどの一瞬の出来事のように過ぎ去っていくのを感じている。けれど高校時代の出来事を思い出そうとすると、途端にそれは不鮮明なものに変わって、なんとなく今の生活が悪くないからなんだろうなと考えるようになった。嫌なことや辛いことがたくさんあったけれど、それがあって今の生活がある。

以前柏崎が話していたように、辛いことの後には必ず良いことがあるということなのだろう。裏返してしまえば、良いことが続けばあとでしっぺ返しを食らうかもしれないということにもなるけれど。

「有希さんは、この先はどうするの？　やっぱり一度地元に帰る？」

恥ずかしい話だが、もう大学三年も終わるというのに、今の今まで就職のことを一つも考えていなかった。だからいま咄嗟に考えてみて、真っ先に「帰らない、かな」という言葉が口に出た。それが偽らない本心なのだろう。

それを伝えると、佐倉はどこか嬉しそうだった。

「そっか。実は僕も帰るつもりはなくて、今ここで就活の準備をしてる最中なんだ」

「それじゃあ、彼女さんもこっちに来るんだ」

「ううん、美結は来ない。彼女は地元が好きだから」

「置いてきたままでいいの？」

「初めから、ここらへんで道が分かれるんだろうなって、薄っすら感じてたんだよ。だけどこの先がどうなるのか、正直僕にもわからない。僕が地元に帰るのか、彼女がこっちへ来てくれるのか。後者はなさそうだけどね。職場での人間関係も良好で、地元の友人にも恵まれてるから」

好きだけど、それだけじゃ埋まらない溝ができるってことを、僕はこの年齢で初めて知ったよ。そう話す佐倉は、どこか寂し気な表情をたたえていた。彼のその表情の意味が、有希にはちゃんと理解することができていた。

つまるところ、地元と自分を天秤にかけたとき、それが自分じゃない方に振れるのが悲しいのだ。お互いがお互いのことを好いているけれど、捨てられない大事なものがあるのもまた事実で、それがようやく目の前に露呈したときに決断を迫られる。その人の一番ではないという真実は、想像する以上に辛いものがあるのだろう。

「一緒にいるってことは、妥協を積み重ねるってことなのかもね」

しみじみと、有希は悲しい人間関係の真理のようなものをつぶやいた。

「佐倉くんは、今の彼女と結婚したいと思う？」

随分とぶっちゃけたことを聞くんだねと言って、落ち込んだ表情の佐倉に少しだけ笑顔が戻った。彼が笑ってくれたことに安心感を覚えた有希だったが、笑われたような気がしてむっとする。

「だって、付き合うって結婚するために行うものじゃないの？」

「有希さんってさ、恋愛の価値観だけは中学生ぐらいで止まってるよね」

「それ絶対馬鹿にしてるでしょ」

「ううん、純粋でいいところだと僕は思う。そんな真面目なところが透けて見えたから、読者の方の評判がよかったのかもね」

　フォローをされても納得できない有希は、自分が遅れているのだということを薄っすらと理解はしていた。けれど自分の価値観として、結婚しなければ付き合っている意味があるのかと思ってしまうのだ。

「お互いの妥協する点がうまく噛み合えば、長年一緒にいたからいずれはしたいなと思うけど、まあしばらくは絶対に無理だろうね」

「そっか」

　それは本当に大変だね。同情にも似た言葉を投げかけると、佐倉もしみじみと「大変なんだよ」と話す。けれどすぐに笑顔を見せて「今話したこと、小説のアイデアに使ってもいいからね」と言った。

「思い出話にできるようになったらね」

　きっと思い出としてその記憶を昇華できるのは、これから何年も経った後なんだろうなと有希は感じた。

　目的の小説を購入してから外へ出ると、いつの間にか空は曇り始めていて夕暮れ時のためか辺りは薄暗くなっていた。日中はそれなりに暖かかったため、薄い羽織ものしか持ってきておらず、有希は寒さで腕を抱いた。そんな姿に気を使ってか、佐倉は自分が羽織っていたロングコートを何も言わずにこちらにかけてくれる。

「やめときなって。そっちが寒いでしょ？」

「いま君が風邪をひいて拗らせたら、悲しむ人が大勢いる」

「そんなにいるわけないじゃん」

「編集作業に影響が出て、発売日が後ろ倒しになるかもしれないから。僕も楽しみにしてるし、体は大事にしてよ」

自分の体の心配も少しはしてほしかったが、彼の好意を突っぱねるというのも気が引けたから、ありがたくコートに袖を通させてもらった。佐倉は有希よりも身長が高く、女性と男性の体格の違いもあって想像以上にぶかぶかだった。指先は第一関節までしか外に出ておらず、なんとなく袖口を優しくつまんだ。彼の匂いが、どこを向いても色濃く感じられて、変に胸の鼓動が高まっていた。そしてなぜか、右手にはめられた指輪の感触が、今はやけにハッキリと伝わってくる。

「ありがと」

素直にそう言うと、佐倉は微笑みを見せた。

駅まで送っていくよと話す彼の言葉に甘えて、イブの街を二人で歩く。周りはどこを見渡してもカップルばかりで、誰かと一緒にいられるこの瞬間が、とても幸福なもののように感じられた。きっと一人じゃ寂しくて、鼻をすすっていたかもしれない。

「私さ、幸せなことがあって一度嫌なことが起きちゃったら、それが結構続いちゃうんだよ」

独り言のように有希がつぶやくと、佐倉は何も言わずにただ黙ってその話を聞いてくれた。

「それが分かってたから、幸せを感じるのがなんとなく嫌だった。良くないことが起きるって、わかりきってるから。それならずっと、幸福と不幸の間を低空飛行してた方が、大局的に見れば平均的で幸せな人生を送れるんじゃないかって考えてた」

それが、作家になる前の本当の私。だから悪いことが起きないように、刺激のない人生を送ることを心掛けていた。けれどそんな人生は、成瀬という一人の作家によって変えられてしまった。

「そんなもの必要ないってずっと言い聞かせてたけど、私は心の底ではきっと誰かと触れ合っていたかったんだよ。そう思っていたから、夢がここまで私と一緒に連れ添ってくれた。やっぱり幸せなことと同じぐらい、不幸なことがたくさんあったけど」

それでも不幸なことがあれば、次には必ず幸せなことが起こるのだと柏崎に言われて、前よりはちょっとだけ生きやすくなったように有希は思う。一歩踏み出さなければ、一生わからなかったかもしれないことだ。

「大学一年の時からさ、ずっと不安定だったんだよ。良いこともあったけど、それ以上に辛いことがたくさんあった。正直、小説家を辞めてしまおうと思った時もあった。そんな時に、あなたが話しかけてくれた」

昔の自分に戻りかけていた時、有希は高梨という男と出会って、そして佐倉と出会った。もしかすると、二人がいなければずっとこのままだったのかもしれない。結果論でしかないというのに、それを思うといつも背筋が寒くなる。もう、一人は嫌だった。

「こんな私に気づいてくれて、ありがとう。初めは正直嫌な奴でしかなかったけど、今の私はそう思ってるよ」

きっとイブの夜だから、こんなセリフが恥ずかしげもなくスラスラと流れてくるのだろう。家に帰って、夜に思い出して、恥ずかしくなって床の上をのたうち回るかもしれない。それがわかっていたけれど、感謝の気持ちは相手に伝えるためにこそあるものだから、包み隠さずに本音で打ち明けた。

そうやってすっきりとした気持ちになると、周りが徐々にざわつき始めた。それが歓声のようにも聞こえて、弾かれたように有希も顔を上げて辺りを見渡してみる。そして目に映った街の景色は、光によって一変していた。

街路樹に巻かれた色とりどりのイルミネーションが、まるでクリスマスツリーを思わせるようにキラキラとライトアップされている。その光が反射して、飾りつけの鈴も煌めいていた。こんなにも美しい景色をこの目で見れたのも、勇気を出して一歩を踏み出した結果があったからだ。

そうしてタイミングよく、曇り空の上から真白が降りてくる。

「雪だ」

彼の言葉に一瞬反応した有希は、恥ずかしくなってすぐに顔を明後日の方へと向ける。

「雪だね」

同じくそうつぶやいて空を見上げると、降ってきた一粒がちょうど有希の眼球に当たった。それに驚き、足元をふらつかせて倒れ込みそうになる。その瞬間を、隣にいてくれた佐倉が優しく抱き留めてくれた。

彼の大きな胸がツンと有希の鼻先に触れて、その安心感に力が抜ける。

「そういえばさ」

彼の腕が、優しく有希の背中へと回される。その出来事に抵抗を見せない自分がいることに、酷く驚いた。それが正しいことではないと分かっているのに、理屈だけでそれを振り払うようなことはできなかった。

「どうしたの？」

「今日初めて会った時、本当に彼氏ができたのかなって思ったんだ」

「どうしてそう思ったの」

「いつもより、綺麗だったから。これから、誰かと出かけるのかなって」

「それって、口説いてるの？」

初めて佐倉を認識した時のように、冗談半分で有希は言った。けれどしばらくの沈黙の後、彼は有希だけに聞こえる声でそっと囁く。

「そうなのかもしれない。本当は今日、寂しかったのかも。恋人がいるのに、一緒に居られないクリスマスが」

有希の胸を叩くリズムが、急速に速まり始める。抱かれているからだが、まるで自分のものじゃないように思えてひどく困惑した。

それを、期待してしまっている自分がいることに気づく。被害者として、悲しみを背負ったはずなのに。自分で創作をして、不本意に傷つけてしまったというのに。有希は初めて、加害者の気持ちを理解できたような気がした。理屈では、説明を付けることができないのだ。

背中に回された腕の拘束を解いても、有希はその場から離れなかった。今度は事実として理解しているのに、逃げようとはしなかった。彼の服の袖を優しくつまむ。その指先が震えていることに気づいたが、佐倉が肩に優しく手を置いたことでぴたりとおさまった。

彼の唇が自分に近付いてきても、有希は避けずに目をつむる。それが同意したという何よりの証拠だった。一瞬の間の後、それは優しく触れあう。

初めてのキスは、悲しみの味がした。

＊＊＊＊

気づけば、日は沈み始めていた。半分を超えたくらいまで読み終えた、彼女の原稿を持つ指先は震えている。それは悲しみなどではない。眉根をきりりと内側に寄せて、その表情には確かな怒りがこもっていた。

「なんなんですか、これ」

「おいおい。作り話にどうしてそこまで憤慨(ふんがい)しているんだ」

「私、この女の子のことが許せません」

鼻息荒くそう訴えると、ドリンクバーから注いできた烏龍茶をぐいっと一気に飲み干した。あおるように飲むという言葉は、きっとこのようなことを言うのだろうと、他人事のように思う。

「こんなの、略奪じゃないですか」

「行動に移したのは、佐倉が先だよ」

「それでも同意をしたということは、共犯者になったことと同じです。有希だって、自覚してるじゃないですか。自分が傷付いたことを、他人にも犯しているって」

「それがわかっていても、正しいことを貫き続けることができなかったんだろう。人は間違い続ける生き物だ。そういう意味では、有希はこれまでの人生を何も間違えずに歩んできたと私は思うけどね。これは、たった一度の間違いだ」

そんな理屈ではない言葉に、彼女が納得するわけがなかった。彼女もまた、正しさを貫こうとする人間だからだ。おそらく物語を読むうちに、自分と有希とを無意識のうちに重ねていたのだろう。だから、自分が犯さないような物事を有希がしてしまった時、許すことができなかった。

物語の主人公には、常に完璧に近いものを求められる。物語をけん引していけるような存在でなければ、読者が気持ちよくならないからだ。今ではありきたりな自分に自信の持てない、たとえば高梨のような人間でも、ここぞという時は誰もが思う正しい選択をして物語を引っ張っていく。読者は往々にして彼や彼女に感情移入しているため、成長の一端がうかがえるとカタルシスが芽生えるのだ。

しかし、私は思う。大きな失敗をしない人間なんて、この世界にいるのだろうかと。現実の世界は、そこまで都合よくは回らない。失敗ばかりを積み重ね、それが正しい行動なのだと理解していても、きっと選び取れない人が大勢いる。一時の気の迷いで、浮気をしてしまう人だっている。

一番傷付いて落ち込んでいた時、何の見返りも求めず助けてくれた人に、好意を抱かないなんてことがあるだろうか。たとえばその人に恋人がいて、届かない恋だとわかっていても、心の底では彼のことを好きになるはずだ。その彼もまた、未来や現状に不満を抱えていた。そんな相手が恋人ではない自分のことを求めてきて、正しさを貫き拒むなんてことは難しい選択なのだ。

「まだ物語は、折り返し地点を過ぎたばかりだ。一度や二度の失敗、笑って見逃してあげよう」

三作目の原稿に取りかかっている時までは、都合よく進む物語に惹かれて彼女も気持ちのいい表情を浮かべていた。それが一転、子供のように感情を爆発させるということは、それだけ許しがたいことだったのだろう。

「正直私は、有希が高梨と結ばれると思っていました。お似合いですよ、二人。有希も素で話すことができていますし。三作目の小説を無事に発売して、彼に本当のことを伝えて、てっきりそれからゆっくり関係を育んでいくものだと。書き直しませんか？　ここら辺から」

「担当編集の好みな展開に引っ張っていくのは、とても愚かなことだと私は思うよ。

せめて、一番最後まで読み終えてから決めてくれ」

間違っていることを自分で自覚すると、彼女はとても素直になる。正しくない提案をしてしまったことを恥じて、大きく頭を下げた。

「すみません。柏崎さんの生き方を、私も見習おうと思っていた矢先に。もしかすると、正しさを貫き続けるのって、先輩の言うように難しいことなのかもしれません」

「そんな自覚を持っているだけ、君は偉いと思うよ」

とても、生きづらい性格をしているけれど。

彼女がまた原稿に手を置いて読み始めたところで、そういえばそろそろ前半の大きな山場だということを思い出した。そろそろ日が沈んで、辺りが暗くなる。このファミレスも夕食を食べる家族連れの客が増えてきたから、店を出るにはいい頃合いだろう。またしばしの間だけ、コロコロ移り変わる後輩の表情を見つめて楽しむことにした。

＊＊＊

手を繋いで帰ったのは、周りのイブの空気に呑まれたからだ。一度だけ唇を交わした二人は、それから何も言わずに手を繋いで駅へと向かった。佐倉は有希の乗るバスが来るまで一緒に待ってくれていて、その間もずっと手を繋いだままだった。けれど何回か目の前でバスが停車しても、地面に張り付いた足を動かそうとはしなかった。

「次、最後のバスだよ」

彼がそう言うと、途端に有希の心が大きくざわついた。今までずっとアパートで独り暮らしの生活をしていたはずなのに、部屋に帰るのがどうしようもなく怖いと思ったのだ。他人のぬくもりを知ってしまってからは、もうダメだった。

「次も乗れなかったら、どうしよう……」

子供のように情けなくそう言うと、佐倉は困ったように笑った。

「有希って、見かけによらず甘えん坊なんだね。ずっと君のことを見てたけど、寄ってくる人たちのことを心の底では鬱陶しく思ってそうだったから、一人が好きなのかと思ってた」

それはきっと、本当の意味で心を許せるような人が、その中にいなかったからだ。

高校生の時は梓という親友がいたけれど、大学生になった今は疎遠になってしまった。今は友達と呼べるような人や、よく話す知り合いはいるけれど、卒業をすれば関係が断たれるような付き合いばかりだった。

そして初めてできた相手には、すでに恋人がいた。どうしてこんなにも、この世界は私に辛く厳しいのだろう。悲劇のヒロインぶりたいわけではなかったが、有希はそう思わずにはいられなかった。

「寒い……」

二人以外誰もいなくなった駅で、冬の寒さに体温を奪われ続ける有希は、震える声でつぶやいた。佐倉はそんな凍える有希の体を、そっと抱きしめた。

「有希の家まで、送ってこうか？」

それは心の底で期待していた魅力的な提案。けれど有希は、抱きしめてくれる腕の中で首を振った。

「それじゃあ、今日だけ僕の家に来る？」

そんな誘いにも、無理やり首を振った。こんな気持ちで一晩を一緒に明かしてしまえば、さらに間違いを重ねてしまいそうだったから。それだけは、最後に残った有希の理性が許してはくれなかった。

「私、二人の邪魔をする気はないから……」

言葉ではそう言うが、体が気持ちに追いついてはくれない。彼の腕の中から出て行くことができなかった。

「コート、貸して……？」

そんな些細な提案に、佐倉は頷く。

「返すのは、いつでもいいよ」

「そんなこと言ったら、間違えて忘れてくるかも」

二人の邪魔をする気はないけれど、腕の中からは離れない。本当は今すぐに返すべきなのに、次に彼と会う口実を作るために、コートを返さない。そして次は、返す予定のコートを持ってこないのかもしれない。その行動のすべてが矛盾していて、気持ちが悪いと思った。この歳になって、ようやく自分がどうしようもないほどに卑怯で、悪女なのだと理解する。そして面倒くさい自分は、仮に二人が別れるようなことになれば、その時になって今さらのように申し訳ない気持ちで心が溢れかえるのだ。どうしようもない自分を肯定してくれる彼から、許しを請うために。

そんな最低な有希のことを、佐倉はそれでも抱きしめ続けてくれた。

「有希は、僕みたいなことするんだね」

「どうして？」

「ボールペン、本気で忘れたと思った？」

あぁ、やっぱりあの時の話は嘘だったんだ。嘘をついているとなんとなくわかっていたけど、有希も追及はしなかった。初めは軽薄そうな男に見えたから、きっと関係を保つためのナンパの手口ぐらいにしか考えていなかったのだ。その予想は、半分正解で半分は外れていた。彼は自分のためではなく、あくまで有希のことを思って道化を演じていたのだ。思い返してみれば、初めからナンパ目的だったとしたら、次に出かけた時に彼女がいるなんてことをわざわざ言うはずがない。有希は自分を抱きしめる人のことが、いとおしく見えて仕方がなかった。

けれどそんな甘い裏切りの時間は、向こうからやってくるバスの音で終わりを告げる。有希が自分で決断できるようにか、佐倉は腕の拘束を優しく解いた。体の先端が完全に離れる時まで暖かいぬくもりを感じて、それが離れた途端にどうしようもなく寂しさが湧き上がってくる。

最後のバスが停車して、ドアが開く。後方から疲れたサラリーマン風の男性が下車して、そろそろ有希も乗らなければバスは再び発進してしまう。

彼には、彼女がいる。そんな当たり前の、今さら思い直す必要もない事実を自分に言い聞かせて、無理やり有希は距離を取った。救いようのない馬鹿にならないために。

バスに乗り込んで、ドアが閉まる瞬間に佐倉は小さく手を振り、優しげな声で言った。またね、と。その、またがあっていいはずがないけれど、正しさに反して期待してしまっている自分が許せなかった。

彼のコートに残る残り香が、有希の心を大きく刺激する。その匂いは、アパートへ帰っても消えることはなかった。眠りについた後も、右手の薬指がやけにうずいて、周囲を優しい匂いが漂っていた。

翌日の、クリスマス当日。一晩寝てすっかり頭が冷めた有希は、昨日どうしてあんなことをしてしまったのだという後悔に苛まれた。自分のしてしまった過ちは、明らかに常識に反している。今さら言い訳するつもりなんて毛頭ないけれど、もし叶うのならば昨日起きた出来事はすべてなかったことにしてほしかった。昨日をやり直せるなら、淡い期待なんか抱かずに、何事もなくアパートへと帰るのに。そんなことを願っても、現実の時間は巻き戻ったりしない。

せめて、弁解をしなければいけないと思った。自分は二人の仲を邪魔するつもりなんてないのだと。別れてほしいとも言わないし、自分を選んでくれとも思っていない。けれどその言葉こそが言い訳であることに気づいたのは、スマホを開いてメールを打とうとした時だった。頭では文章が浮かんでくるのに、心が言うことを聞いてくれなかった。結局自分は期待をしているから、打ち出す言葉は口だけに過ぎないのだと自分で理解しているのだろう。

しばらく白紙のメールの画面を見つめていると、佐倉の方からメッセージが届く。弾かれたように有希はアプリを起動し、内容を確認した。

《おはよう、有希。それと、昨日はごめん。正直、どうかしてた。僕は、最低だった》

まるで罪の所在はすべて自分にあるのだと言っているような文章に、有希はいたたまれなくなる。いつまでもハッキリとしないから、先に彼に謝罪をさせてしまった。

自分のそんな一面が、狂おしいほどに嫌いだった。

だからせめて、遅くなってしまったけれど自身の口から言わなければいけないと思った有希は、意を決して佐倉に電話をかける。ワンコールも立たないうちに、それは繋がった。彼が何かを言う前に、有希は謝罪の言葉を口にする。

「私の方こそ、昨日はごめんなさい……」

有希が謝ることじゃない。優しい彼はそう言ったけれど、そんな気休めで納得できるほど常識は欠落していなかった。罪を一緒に被るためには、佐倉のことを納得させる他なかった。それは自分の気持ちを認めて、正直に打ち明けるということ。けれどそんなことをすれば、本当にすべて終わってしまうのは明白だった。

それを心の底から理解していたけれど、曖昧な気持ちのまま彼を加害者に仕立て上げて、自分が綺麗なまま被害者で居続けるのだけは許せなかった。決心を固めた有希は、彼にハッキリと言う。

「私は卑怯な人間だから、あの時期待してた。あなたが少しでも、こっちを向いてくれないかなって。今だけでも、彼女のことを忘れて私を見てくれないかなって……だから、私も同罪なんだよ」

犯した間違いにせめてもの償いを入れるために、言わなければいけないことがあった。けれど、それだけは嫌だと心の中で叫ぶ醜い自分もいる。相反する気持ちが胸の中で渦を巻いて、有希の良心をかき乱す。それでもこれが一番正しいことなのだと言い聞かせて、絞り出すように声を出した。

「しばらく、距離を置きたい。せめて私の気持ちの整理がつくまで……」

時間が経てば、彼と会わない日が続けば、この気持ちも沈静化するかもしれないから。そうすれば、誰も悲しませずに済む。自分が身を引くことで丸く収まるのなら、それが最善に決まっている。

『わかった。僕も有希の気持ちに整理を付ける』

幸いなことに大学は冬休みの期間に入り、年末年始は会うこともない。年が明けてすぐに学年末テストに追われるし、それが終わればまた春休みが来て、気持ちを落ち着けられる。そうして桜が咲いた頃に、この気持ちも落ち着いていればいいなと有希は思う。

『小説の編集作業、応援してる。あんまり思いつめないように、頑張って。新刊も、ちゃんと買うから。どんな形でもいいから、もし有希が許してくれるなら、また前みたいに話せる仲でいたいと僕は思っているよ』

どうして彼は、最後の最後でそんな甘い言葉をかけてくれるのだろう。今から彼に抱くこの気持ちを、心の奥底へと追いやらなければいけないのに。そんなことを言われたら、せっかく絞り出したなけなしの決意が、途端に揺らいでしまう。醜い自分が、顔を出してしまう。

最低な言葉を口走る前に、早く電話を切ろう。自分にそう言い聞かせて、有希はスマホを耳から離した。けれど、わずかに彼の声が最後に届く。

『それと、僕が言わなきゃいけなかったことを、代わりに言ってくれてありがとう』

一方的に電話を切って、有希は床にあおむけになった。とても身勝手な涙が、瞳からあふれてくる。泣きたいのは、被害者である佐倉の彼女なのに。自分に涙を流す権利なんて、あるはずがない。それでも、自分の気持ちをコントロールすることができなかった。

それから年をまたぐ前に、柏崎から初稿の改稿依頼が届いた。とはいえある程度の筋道を事前にすべて相談していたため、物語に大きな変化はない。細かな展開の調整や登場人物のセリフの気になったところを直して、年をまたぐ前にメールで原稿を送信した。返送は年明けでもいいと言われていたが、動いていないと佐倉のことを思い出してしまいそうだったから、念入りに何度も物語を読み直して有希は完成度を高めた。

そうして迎えた年明けの瞬間を、今年は実家に帰らずにアパートで過ごした。未だ佐倉のことが頭の中をぐるぐると回っていたため、地元に帰るような元気がなかったのだ。それに今の状態で家族と顔を合わせれば、きっと心配をかけてしまう。何があったか聞かれて、魔が差して恋人がいる人とキスをしたなどと話してしまえば、軽蔑されるに決まっている。どうしても後ろめたさのあった有希は、電話もせずにあけましておめでとうというメッセージだけ両親へと送信した。

初詣にも行かず、本を読みながら部屋の中で過ごす毎日を送り、気づけば冬休みが明けて大学が始まる。キャンバスを歩いている時、無意識のうちに佐倉の姿を探してしまっている自分に気づいて、憂鬱な気持ちが高まった。

今彼に会ったとして、いったい何を話すというのだろう。裏切りという言葉の上に、同じ文字を重ねるだけだというのに。有希は誰とも会話をせずに、講義の空き時間をひたすら大学の図書館で過ごした。そうしていれば、不用意に彼と会う確率も薄まるだろうから。

そうして冬休みが明けて何週間か過ぎた頃、学年末のテスト期間が始まった。テストを受けることと、レポートを提出するためだけに大学へと足を運び、春休みまでの時間をなんとかやり過ごす。しかし大学からの帰り際、偶然にも昇降口に彼の姿を見つけて、有希は思わず近くのトイレへと避難した。本当は、彼と話したいことが、いくつもあった。けれど今会うわけにはいかないという思いを強く持って、しばらく時間を空けてから外に出る。

そこに佐倉の姿は、もうなかった。

三作目の改稿作業は何事もなく無事に進み、気づけば二月後半。冬の寒さと春休みの期間で体が大きくなまり始めた頃、柏崎から校了の電話が入った。発売日は、四月初旬。ひとまずお疲れ様、というねぎらいの言葉を貰って、ようやく有希は張り詰めていた緊張の糸がほどけたような気がした。

『私たちは最善を尽くした。後は良い方向に結果が転がるのを祈って待つだけだよ』

有希は作家として今までに二冊本を出版してきたが、この発売するまでの期間は未だに慣れない。今さら考えてもどうしようもないことなのだが、売れなかったらどうしようという不安がずっと背中の後ろを付きまとう。売れなければ、小説を書くのもこれで最後になるかもしれない。

「ありがとうございます。柏崎さん」

これまで真摯に自分と作品に向き合ってくれた柏崎に、あらためてお礼を言う。けれどその声は、やはりどこか沈んでいた。

『元気がないね。やはり発売するのは不安かい?』

なんとなく見透かされるだろうなと考えていた有希は、どこかで心配されることを期待していたのかもしれない。けれど現実に起きたことを、そのまま伝えるわけにはいかないため、遠回しにその話題を振った。

「以前発売した本のことで、今でも悩んでいるんです」

『ほう、それまたどうしてだ？』

「三作目を出版する今になっても、答えが出ないからです。柏崎さんは、浮気はいけないことだと思いますか？」

『世間的には、当然よくないことだろうね。それが許されてしまえば、永遠の愛なんてものはなくなってしまう』

チクリと胸を刺すような痛みがあったのは、あのイブの夜が頭の中を明確によぎったからだろう。

『それでも自分の信じる愛を貫くというのなら、私はせめて浮気をされた相手を傷つける覚悟だけは持たなきゃいけないと思うよ。半端な気持ちで今さら許しを請おうなんて、そんなのは都合がよすぎる。相手がよほどの聖人じゃなければ、逆上して頬を叩かれて恨みを買うだろう。だから、一番傷をえぐらない選択肢があるとすれば、それは非情になることだ』

そういう意味で言えば、君の書いた話は私の意見に沿っている。見せかけの幸せを作らなかったのは、登場人物の幸せを願うなら正しいことだったと思うよ。そんな柏崎の持論を聞いて、自分はそこまで非情になることができないんだろうなと有希は思う。きっと佐倉の彼女に会うことがあれば、自分は良心の呵責に耐え切ることができず、真実を打ち明けて許しを請うからだ。

自分がそういう人間だということは、自分が一番よく理解している。端的に言えば、卑怯な人間だ。有希は自分のことを、大きく恥じる。

それからしばらく他愛もない雑談を交わして、そろそろ電話を切ろうかというタイミングになったところで、柏崎は思い出したようにその話を振ってきた。

『サイン会をやってみる気はないか？』

そんな突然の提案に、有希は電話口で正直に首をかしげる。

「サイン会、ですか？　それまたどうして」

『編集者としての一番大きな理由は、やはり宣伝になるから。私個人の理由としては、君のモチベーションアップにつながるからだ。生の温かい声を聞いた方が、元気が出る。次回作も、一緒に考えていきたいと思っているんだよ。そうなると、落ち込んでいるわけにはいかない』

さらりと言われた次回作という言葉を、思わず有希は聞き逃してしまいそうになった。

「次回も、一緒に考えてくれるんですか？」

『私はそのつもりだよ。もちろん、君がもう小説を書きたくないと言うのなら、話は別だがね』

そんなことないです。考えるよりも先に、そんな言葉が出てきたことに驚く。三作目の出版を通して、いつの間にか自分の中の迷いの気持ちはなくなっていたようだ。

しかしサイン会を行うとなれば、自分の姿を大勢の人に見せることになってしまう。もしかすると、大学の同級生と鉢合わせることがあるかもしれない。それはなんとなく嫌だなと思った有希だったが、三作目を発売する時には四回生に上がっていて、大学へ通う頻度は極端に少なくなる。それならば、いじられることも少なくていいかもしれない。

そうして最後に思い浮かんだのは、以外にも高梨の姿だった。彼にはまだ、自分が小説家であることを伝えていない。三作目が出版されたらと考えてはいたが、それをこのサイン会の日に持ってきてもいいかもしれない。七瀬結城のファンである彼なら、きっとサイン会には足を運ぶだろうから。

「わかりました。サイン会、やりましょう。いつ頃にやりますか？」

『そうだな。発売してから一か月後の、五月はどうだろう』

有希がその日程で了承すると、書店への連絡は柏崎の方で入れてくれることになった。肝心の会場は、現在住んでいる地域のわりと大きめの書店を予定していて、そこはいつも新刊が置かれているか確認している場所だった。お世話になっている書店に、少しばかりの恩返しができることを有希は嬉しく思う。

そうして有希の残りの春休みは、四年に向けての就活と次回作を考えることに消費されていった。日夜小説の原稿に向き合っているせいもあって、時折就活生になるのだということを忘れてしまう時がある。

有希は社会福祉の科目を専攻しているため、周りの人間は社会福祉協議会や児童養護施設、就労支援施設などへ就職を決める人が多い。そういう人たちは、卒業前に受ける社会福祉士の国家資格の試験勉強に励んでいる。しかし早々に福祉の道を志すことを辞めた有希は、単位を取る勉強はすれどもそれ以上の学びは深めていない。だから尚更一般企業への就職を考えなければいけないのだが、それも今は思い悩んでいた。

一般企業へ就職すれば、当然のことではあるが仕事と小説を両立させていかなければいけない。そうなれば、あまり器用ではない有希は、必ずどちらかが疎かになってしまうと自分で理解できていた。

それならば、比較的都合の付けやすいアルバイトをしながら小説を書いていくという選択もあるが、現実的なことを考えると、大学まで出ておいて一般企業へ就職しないのはどうなのかという迷いがある。しかし有希はまだ若いため、一度や二度の失敗をしたとしても、いくらでも軌道修正ができると考えている面もあった。

大学を出て、一度でいいから完全に小説に向き合いながら生きていきたい。そんなことを考えるようになったのは、三作目の発売を控えているごく最近のことだった。新作のことや、自分の今後の生き方。そして何より、あれから一進一退すらしない佐倉との関係性にあてられた有希は、気分を変えるために書店にでも行こうと思い立つ。常備しているカップラーメンを昼時に食べ終え、軽く中身を洗った後ゴミ箱へと放り投げる。それから身支度を済ませて、部屋を出た。

その部屋を出たタイミングがちょうど隣の部屋の高梨と被って、彼の方から頭を下げてくる。

「あ、お久しぶりです。先輩」

大学もなく、基本家に引きこもっている有希が彼と顔を合わせたのは、いったいいつぶりなのだろうかというほどだった。

「これからお出かけ？　どこ行くの？」

「ちょっと近所のスーパーに買い物に行こうかと」

「それじゃあ、私も近くの本屋に行く予定だったからご一緒してもいい？」

彼が頷いてくれたのを見て、それじゃ行こうかと言って歩き出す二人。高梨は内向的な性格をしているため。こちらから話しかけなければ基本的に無言の時間になる。何も話さないでいるのも、それはそれで居心地がよかったが、久しぶりに会ったのだから有希の方から会話を振った。

「そういえば、小説の方は順調？」

そんな質問をすると、露骨に気分が落ち込んだのが空気で分かる。その理由も、有希は知っている。以前会った時にもこんな状態だった彼は、きっと小説の方がうまくいっていないのだ。何か力になってあげられればと思っていたが、佐倉のことや新作のことで頭を抱えていた有希にそんな余裕はなかった。

「僕、向いていないのかもしれません。先輩に言われて新人賞に送ったこともあったけど、結果は一次選考落ちでした。せっかく書いた小説も、自信がなくて結局はパソコンの中に眠ったままなんです。もうそろそろ、ここら辺が辞め時なのかもしれません……」

そんな落ち込んだ表情を、浮かべてほしくなかった。高梨と出会ったから、また小説を書き始めるきっかけを得たのだから。もしかすると、彼がいなければ本当にもう書けなくなっていたかもしれない。

「また、小説読んでアドバイスしてあげる。もうちょっとだけ頑張ってみたら、少しだけ道が開けてくるかも、よ」

気休めの言葉しか用意することのできない自分の情けなさに、若干気分が落ち込む。けれどそんな言葉でも、高梨は「ありがとうございます」と言って笑ってくれたから、少しだけ気持ちが楽になった。

「でも先輩、今年は就職活動ですよね。大丈夫なんですか？」

「実は就職しようかどうか迷ってるの。だから就活もあまり進んでなくて」

「えっ、それって大丈夫なんですか……？」

特に何も考えず現状を素直に話した有希に、彼はできの悪い息子を心配するような母親の表情を見せた。話してから気づいたことではあるが、確かに大学四年生になる人が就職しようか迷っているなんて戯言を吐けば、こいつ大丈夫なんだろうかと思われなくもない。自分なら、人生を舐めていると有希は考えるだろう。

「あ、もしかして院に進むんですか？」

「そのつもりも、まったくないんだけど……」

「それじゃあ、結婚して家庭に入るとか……あっ」

彼は不用意な発言をしたことに気づいたのか、それから慌てて「すみません。デリカシーがなかったです……」と謝罪した。有希としては、何度もその失言をして申し訳なさそうな表情を浮かべられるから、本当は煽られているのではないかと錯覚してくる。けれど高梨に悪気はなさそうだった。

「ちょっと考えてることがあって。アルバイトしながら、生計立てようと思ってるの」

それはそれでどうなんだろうと有希は思うが、彼は一応納得したようだ。

「もしかして先輩、副業とかしてるんですか？」

「まあ、一応、ね」

やけに勘の鋭い彼に、有希は一瞬動揺した。けれどその質問に、特に何も意図がなかったのか、ただ納得したように頷いているだけだった。これ以上余計なことを話せば、いつか口を滑らせてしまいそうだったから、有希は強引に話を変える。

「そういえば、七瀬先生新刊出すんだって。楽しみだね」

気づけば発売を約一か月後に控えていて、どこか感慨深い気持ちになる。自分の作品を楽しみにしてくれている人が、こんな身近なところにいるというのは、今までの発売前では考えられないことだった。

「次は、どんなお話を書いてくれたんですかね。今から楽しみです」

「三作目は、王道の時間遡行系の作品だよ」

うっかりまだ情報の出ていないことを話して冷汗をかいた有希は、彼の反応を横目でうかがった。どうやら特に何も疑問を抱いていないようで、ただ一言「楽しみだなぁ」と言って期待した表情を浮かべていた。

「楽しみにしてて」

そう彼に聞こえない声でつぶやいてしまえるほど、次回作には今までにないほどの自信があった。この小説を読んで、また夢に向かって頑張ってほしい。そんな応援するような気持ちも込めて書いたから、たとえそれが伝わらなくても前向きになってくれればなと有希は思う。

彼の扉を、また少しでも開けることができれば有希は本望だった。

「七瀬先生、サイン会やるんだって。五月に」

「えっ、そうなんですか？　あ、でも都会とかだろうから大学で行けないかな……」

「それがなんとびっくり、この地域でやるみたいだよ」

「えぇ⁉」

出会ってから今までの中で、一番の大声を高梨は上げる。有希も驚いたが、電線に止まっている小鳥も羽を広げてどこかへ行ってしまった。

そんなタイミングで、彼の目的としているスーパーにいつの間にかたどり着いていた。興奮冷めやらぬ高梨に、笑顔で有希は言う。

「もしかすると、先生は案外すぐそばにいるのかもね」

自分が知らず知らずのうちにその人を励ましていたことを、きっと彼は夢にも思わないだろう。盛大にネタを明かした時、彼がどんな表情を浮かべるのか、今から想像するのが楽しみだった。

それから高梨と別れて、有希も自分の目的地へと足を向ける。その道中、珍しく有希のスマホに一通のメッセージが届いた。柏崎か、もしくは佐倉だろうか。後者の可能性があることを考えて、有希の心臓は思い出したように早鐘を打ち始める。高梨と話をしていて、一時だけ忘れてしまっていた。こちらの気持ちも、どうにかしなければいけないのだ。どうにかすると言っても、自分がどうするべきなのかは、もう明確に答えが出ているのだけど。

有希は恐る恐る、震える指でアプリを開く。果たして差出人は、予想もしていなかった意外な人物からだった。

《先生、お久しぶりです！　さっき知ったんですけど、啓文社から一冊出されるそうですね！　少し元気が戻ったみたいで、私も安心しました。そしてぜひうちでも、また新作を書きましょう！》

星文社の編集者である黒川は、半分逃げ出したと言っても過言ではなかった有希に対して、いつも通りの明るさを見せてくれた。二作目を発売してから、未だに一作目の重版分の印税が定期的に入ってきているのに、今まで塞ぎ込んで当人は何の連絡もしなかったから、少しだけ引け目を感じていた。

しかしようやく気持ちの整理が付いたから、また新作を出させてもらえるのならば、今度は前向きに仕事をしていきたいなと思った。そのメールの最後には、一作目の重版が再び決定したことが書かれている。どうやら有希の三作目出版に便乗して、売り上げを伸ばせると踏んだようだった。気づけば累計発行部数は十万部を超えていて、どうやら今回の重版で書籍の帯も変わるらしい。

今度印税の明細と見本誌をお送りしますね。そのメールに、ありがとうございますと返してから、また目的地へと歩みを進めた。


それから七瀬結城の三作目である『壊れた世界の隣から』は、無事に四月の初旬に発売された。発売日当日、三年ぶりに二作目のことを思い出していた有希は、正直SNSで感想を検索するのが怖くてしょうがなかった。

また、読者の期待に沿っていなかったらどうしよう。そんな不安な気持ちが、有希の心を曇らせていく。今度失敗すれば、もう立ち直れないかもしれない。小説家として、やっていくことができないかもしれない。一人で部屋の中で葛藤と闘いながら震えていた有希は、また気分を変えようと思い外出することにした。目的地は、いつもの駅前の本屋。そこへ行かなければ、いつも落ち着かない。

少しおめかしをして、書店へ向かう。焦燥感に駆られ、いつもよりだいぶ早くにアパートを出てしまったから、目的地に着いたのは開店少し前だった。手持無沙汰になり、店の目の前に設置してある自販機で冷たいお茶を買って、それを飲みながら正面の自動ドアが開くのを待つ。

そして開店時間になったと同時に、有希はおずおずとまだ誰も客がいないショッピングモールの中へ入り、五階の書店へと向かう。いつの間にか自分の心臓の音が耳の奥で響いていて、手のひらがほのかに汗ばんでいた。こんなにも緊張をしているのは、おそらくデビュー作が発売した時以来だ。あの時も、きっとこんな風に無意味に緊張しながら、自分の小説が売れていないだろうかと不安を抱いてお店の中を徘徊(はいかい)していた。

あの頃の自分と今の自分は、何か決定的なものが変わっているとかそんな都合のいいことは起きてなくて、ただ今までのように不安に駆られて緊張だってしている。変わりたいと願っても、結局それを実感できないまま時が経って、また同じことを繰り返す。そんなどうしようもない自分に、気づけば笑みがこぼれていた。それがきっかけになったのかどうかは分からないけれど、有希の心の震えはいつの間にか収まっていた。

自分はまだ、変われていない。けれど一つだけ自信を持って言えることは、胸を張って自分の作品を送り出したということだ。それは、自分に自信の持てない有希が、唯一誇れる大切なものだった。

不安と期待の入り混じる思いを胸に秘め、文庫本の新刊が置かれているコーナーへと歩き出す。単行本の並ぶ圧迫感のある区画を曲がったところで、有希はようやく自分の小説を見つけた。

『壊れた世界の隣から』。それは一番目立つコーナーに、目を惹くポップと一緒に飾られるように平積みされていた。そんな特別待遇に驚いて、思わずその場所へ駆け寄る。七瀬結城先生、三年ぶり待望の新刊！という煽り文句の書かれた紙まで貼られていて、思わず「なんじゃこりゃ」という声が漏れた。

「こちらの小説、本日発売なんですよ」

本の前で立ち止まっていると、若い女性の店員さんがこちらへやってきてそう説明する。本屋で店員さんに話しかけられたのは初めてのことだから、有希は驚いて言葉が喉の奥で詰まってしまった。

「実は今度当店で、七瀬先生のサイン会が開かれましてね、今宣伝させていただいているんです。もしかして、こういった小説にご興味ありますか？」

実は、本人なんです。そんなことを突然言い出したら、変に思われてしまうだろうかと迷う。けれど実は今度開かれるサイン会の会場はここで、今嘘をついてもいずれバレてしまうのだ。バレた時に、また余計な言い訳を考えるのも面倒くさいなと思った有希は、恥ずかしかったけれど意を決して本当のことを伝えた。

「私、実はその七瀬でして……」

とても遠慮がちにそう言うと、店員さんは驚いたように目を丸めて、次の瞬間に有希の両手を握りしめてくる。

「本当ですか⁉　実は私、先生のファンでもあるんです！　サイン会の前に一度お会いできて光栄です！」

「は、はぁ……」

「ここの売り場も、僭越ながら私が作らせていただいたんですよ！　あ、もしよかったら裏で色紙にサイン頂いてもいいですか？　ぜひこちらに飾らせてください」

あれやこれやと話を進められて、有希は店員さんに導かれるままにレジの奥へと連れていかれた。事務所の椅子に座らせられ、七瀬先生がこちらに訪問してくれましたと、さっきの店員が他の人へ嬉しそうに報告しているのを横目でうかがう。当の有希は、慣れないことに戸惑って、借りてきた猫のように委縮（いしゅく）してしまっていた。

それからここに連行してきた店員さんが冷たいお茶を用意してくれて、それをありがたく飲んでいると、首から店長と記載されている名札を下げた男の人が、こちらへとやってくる。立ち上がって、自己紹介をしようとすると、男は「気を使わなくても大丈夫ですよ。どうぞ腰掛けたままで」と言ってくれたため、お礼を言ってあらためて座り直した。

「七瀬先生。この度のサイン会の件、ご提案くださりありがとうございます」

「あ、いえ……」

提案してきたのも、書店に連絡を入れて企画してくれたのも担当編集の柏崎がやってくれたことだから、有希は承諾しただけであとは特に何もしていない。だからお礼は担当編集の方へ言ってほしかったが、空気を読んで曖昧に微笑んでおいた。

「実は昨日すでに先生の作品が納品されていまして、一足先に読ませていただいたんです。よく練られたお話で、感動致しました。さすがにこの歳なので、涙が流れることはありませんでしたが、きっと若いお客様の心に深く刺さる作品だなと感じています。先生の作品、一作目が今でも多くの方にご購入いただけていますよ。三作目も多くの方に届けられるように、こちらも尽力させていただきますね」

「えっと、ありがとうございます」

まさかこんなに歓迎されると思っていなかった有希は、もう頭の上がらない思いだった。何度も何度もありがとうございますと言って頭を下げ、先ほどの店員さんが持ってきてくれた小さな色紙にサインをする。そうして控えめな字で、これからも応援よろしくお願い致しますと書いた。サインを書くこと自体初めての経験だったため、文字がゆがんだりしていないか不安になった。けれど案外うまく書けていて、初めてにしては上出来だと満足する。

それから少しの間だけ他愛もない世間話を交わし、仕事に支障が出ないよう早々に有希は退散した。事務所を出ると、張り詰めていた緊張の糸がほどけ、心なしか体が軽くなったように思う。

もう一度、売り場を確認してからアパートへ帰ろう。お客様が増えたお店の中を再び歩き、先ほどのコーナーに到着すると、そこには自分の小説を手に取っている、大学生くらいの女の子がいた。有希はつい反射的に本の棚に隠れてしまい、そこから彼女の様子をうかがう。もしかして、購入してくれるのだろうか。そう思って見守っていると、彼女の元にもう一人の女の子がやってきた。

「ほら、悠。早く帰って大学のレポートの続きやるよ」

急かすように悠という女の子に話しかけた彼女の手には、何かの分厚い参考書が握られていた。

「香澄、この本買わないの？　七瀬先生の新刊だよ」

「忙しくて、そんなの読んでる暇ないよ」

「でも昔、すごい楽しみにしてたじゃん。早く新刊出ないかなって。好きだったんじゃないの？」

「もう昔の話だよ」

「何それ。あの時は、私に散々語ってきてうるさかったくせに」

今まさに書店の真ん中で喧嘩が勃発しそうな雰囲気が漂っていて、有希は止めに入ろうか迷う。けれど、見知らぬ人たちの会話に突然割り込む勇気なんて、咄嗟に湧いてくるはずがなかった。情けないけれど傍観を決め込んだ有希は、彼女たちの様子を陰で見守る。

「私、香澄がすすめてくれた本を読んで小説にハマったせいで、志望してた大学落ちたんだよ？　先に興味が失せるなら、軽々しく人にすすめたりなんてしないで。責任取ってよ」

「それは悠の頭が足りてなかっただけでしょ。自分の責任を、別のものに押し付けるのはやめて」

「……もういい」

売り言葉に買い言葉の応酬で、事態は悪化していくばかりだった。けれど深呼吸して自分で落ち着きを取り戻した悠は、手に持っていた小説を棚に戻したりはしなかった。

「これ、買って読むから。面白かったら貸してあげる。あの時貸してくれたお礼だから」

「だから、読む暇なんてないって」

「うるさい。レジ行くから、ちょっと待ってて」

そう言うと彼女はこちらへと歩いてきて、有希は慌てて棚の適当な小説を手に取って素知らぬ顔を決め込んだ。

「昔は、あんなんじゃなかったのに……」

誰に伝えるわけでもなかったであろう言葉が、有希の耳に届く。そういえば、この子たちを以前も同じ場所で見たことがあるのを思い出した。あの時の二人は高校生で、香澄と呼ばれた女の子は嬉しそうに自分の小説を買ってくれていたことを思い出す。あの日から、三年が経ったのだ。みんな、変わらずにはいられない。小説を好きだった人も、いつの間にか時間がなくなって次第に離れていく。それがなんだか寂しいなと思うけれど、仕方のないことなのだ。逆境に呑まれながらいろいろなものを失っていって、気づけば人は大人になっていく。

自分だって、その当事者だ。忙しくて、地元の友人とは一切連絡を取らない毎日で、気づけば高校時代に仲の良かった人たちとはいつの間にか疎遠になっていた。もし今でも関係が続いていたとしたら、地元へ帰って就職したいと考えたのかもしれない。そこで旧友と休みの日にご飯へ行って、くだらない話で笑い合って、きっと自分は幸せを感じていられたはずだ。

けれどそれは所詮結果論で、曲がりなりにも少しずつ前を向きながら生きてきて、そして今の自分がある。過去をやり直したいと考えた時もあるけれど、これは他でもない自分が選んだ物語なのだ。今さら振り返っても、仕方がない。ここで生きていくのだと、そう決めたのだから。

それならば、もし自分が手を差し伸べることができるとするならば、久しぶりに小説を手に取った時に、懐かしいと思ってもらえるような人でありたいと思った。

〝思い返してみれば、こんな恥ずかしい物語で、あの時の自分は涙を流していたんだ〟

〝そういえばあの時、とてもくだらないことで悩み続けていたな〟

自分の小説を本屋の隅っこで偶然見つけて、手に取って読んでみて、幸せだった日々を思い出して、また前に進むきっかけになれるような、そんな小説家でありたい。

そんな人になるためには、小さなことで悩み続けずにただひたすら前へ前へと進み続けるしか方法はない。

気づけば有希は、香澄という少女の元へと歩み寄っていた。隣に並んで、独り言のように彼女に囁く。

「三年間、たくさん悩みながら生きてきて、ようやくこの本を届けることができたんだ。もし、少しでも興味があったら読んでみて。絶対に面白いから。私が、保証する」

「……えっ？」

彼女が何かを話す前に、有希は手に取った小説を売り場に戻してその場を後にした。

慣れないことをしたせいで、いつの間にか書店に来た時と同じように手が震えている。

けれど後悔はなく、有希の心の内側はとても晴れ晴れとしていた。

それから書店を出て、エスカレータを下りショッピングモールを出る。外の天気は有希の心とは裏腹に、酷くくすんだ雨模様だった。

季節外れの大荒れの天気は、ショッピングモールで買った新品のビニール傘を、たった一回の使用でボロボロにした。アパートへたどり着く前には、すでに何本か骨が折れていて捨てに行かなきゃないけないことを面倒くさく思う。

集合ポストのある軒下へ入り、軽く雨を払って無理やり傘を閉じようとしていると、風が吹き抜けて背後でカランという音が鳴った。その音に少々驚き、心霊映像のごとく素早く振り返るが、幸いなことにそこに誰かいるなどということはなかった。視界に映ったのは、風でポストの扉が開いて立てた音だった。それが今開いたものなのか、それとも少し前に開いたものなのかはわからない。けれど自分の部屋番のポストだったから、放置せずにあらためてちゃんと閉めておいた。

「そろそろ適当な鍵でも買わなきゃな」

そんなことを、大学一年の頃から思い続けている有希。面倒くさがりな性格が災いして、今まで特に何も問題が起きていなかったから、結局今の今まで放置してしまっていた。他のアパート利用者も、鍵を自前でつけている人があまりいないということも、その一因だった。ショッピングモールに百均があったから買っておけばよかったと今さらながらに思うが、それは結果論に過ぎないから自分の性格を素直に反省する。

なんとか傘をコンパクトに収納することができた有希は、あらためてアパートの階段を上った。そして二階にたどり着き、自分の部屋のある方向へと進路を変える。そして二階通路の向こう、ちょうど自分の部屋の前に、何かを持っている高梨の姿を見つけた。インターホンへと伸びる人差し指を見て、自分に何か用があるのかなと思い立つ。タイミングが良かったなと思って、小走りになって彼のところへと駆け寄った。

「どしたの、高梨くん。何かあった？」

「あっ……」

高梨は一度こちらを見ると、すぐに視線を下げた。どこか顔色が落ち込んでいるようにも見えて、有希は心配になって下から軽く覗きこむ。

「どうしたの？」

「……これ」

そう言って差し出してきたのは、大きめのレターパックと一般サイズの小型の封筒だった。宛名は、七海有希と書かれている。それをどうして彼が持っているのか、有希はすぐに合点がいった。強風でポストが開いて、中から転がり落ちたのだ。それを、たまたま通りがかった高梨が見つけた。宛名が先輩の名前だったから、ここまで持って上がってきた。

「あ、ごめん。ありがとね。そろそろ鍵買わなきゃなって思ってるんだけど、面倒くさいから忘れちゃうんだよね」

高梨から自分宛ての荷物を受け取って、あらためて送り先を確認した。そうしてようやく、自分が危機的状況に陥っているのだということを理解して、頭の中が真っ白になった。その封筒には、一作目と二作目を出させてもらった『星文社』という名前のロゴが入っている。それだけなら、まだ言い訳のしようがあったのかもしれない。けれどレターパックの宛先には、堂々と書籍編集部黒川と名前が書かれていて、品名には見本誌と記載されていた。

それに加えて、咄嗟に浮かべてしまった自分の焦ったような表情。近くこの街で、サイン会が開催されるという事実。どれだけ甘く見積もったとしても、これだけの状況証拠があれば、もう詰みだった。

「……七瀬結城先生って、確か星文社で出してましたよね。先輩の名前って、よく考えたら似てる気がします」

本当は、サイン会の日に彼が来て、そこで初めて伝えるつもりだった。その覚悟はできていたから、これは有希の中では所詮早いか遅いかの違いだけで、それ以外の事情や気持ちを一切汲み取ることができていなかった。

だから馬鹿みたいな笑顔で、彼に真実をその口で打ち明けてしまったのだった。

「そうだよ。実はお隣に住む先輩は、七瀬先生なのでした。どう？　驚いたでしょ」

自分が作家であることを打ち明けたら、その時に交わしたい話はいくつもあった。落ち込んでいた時に、彼に支えられたこと。自分が作家になる上で経験した、辛かった出来事。それを伝えて、これからは七瀬結城として彼が小説家になるためのサポートをしてあげられたらと、ずっと考えていた。

そんな計画に、高梨の気持ちが一つも勘案されていなかったと気づいたのは、すべてが明かされた今になって、だった。

「……今までずっと、だましてたんですか？」

「……えっ？」

今まで、とんでもない裏切りをしていたことに気づいたのは、どう考えても遅すぎた。再び顔を上げた高梨は、涙を流していた。それが憧れの七瀬先生に出会えたからという、喜びに満ちたものではないということは、空気の読めなかった有希にも理解できた。

「あの、違うの……全然、そんなつもりはなくて……」

その弁解の言葉は、おそらく高梨には聞こえていなかった。涙でぬれた瞳を、千切れるんじゃないかというほど限界まで開いて、まるでにらみつけるように有希を真正面に見据える。そうして初めて、彼の怒りを見た。

「先輩が先生だったなら、あの時僕を止めてほしかった……！　君には才能がないって！　くだらない夢なんて追いかけないで、人並みの人生が送れるように努力した方がいいって!!　そうやってハッキリ伝えてくれれば、叶わない夢なんて追いかけないで、辛い思いもしなかったかもしれないのにっ……！」

アパートの通路に強風が吹きつけて、彼の顔を雨で濡らす。もう涙と雨粒がまじりあって、境界線がわからなくなって、ただ癇癪をおこした子供のように溢れてくるそれを手で拭っていた。

彼にかける言葉が見つからなかった。何を言っても、それは言い訳に過ぎないと思ったから。そんなつもりはなかったとしても、話をしなかったのも、隠していたことも、当人がそう感じてしまえばそれは騙していることと同義なのだ。そんな当たり前のことさえ、有希は今まで理解していなかった。

それから高梨は、有希を置いて自分の部屋へと戻っていった。バタンというい つもより大きめの音が鳴り響いて、そのまま自分の部屋のドアに身を預ける。

どうしていつも、こうなってしまうのだろう。幸せな出来事はいつだって長くは続かなくて、忘れた頃に不幸が襲いかかってくる。そのたびにくじけてしまい、再び歩き出すことが億劫になる。

もう、疲れてしまった。

「疲れたよ……」

何が正しいことなのか。どう生きることが、正しいのか。正しさとは、何か。誰かと関わって苦しむくらいなら、ずっと独りでいる方がマシだと思った。そうすれば、嫌なこともいくらか減るだろうから。

そんな考えとは裏腹に、スマホを力ない指で操作して、こんな自分を求めてくれている小さな糸にすがりつこうとする。けれど彼の連絡先を開いて、電話番号をタップしようとしたところで、ようやく冷静さを取り戻した。それこそ、正しさに反する酷い裏切り行為だった。

もう、そんな気持ちは抱かないと決めたのに。気持ちが落ち着くまで、連絡を取らないと決めたはずなのに。もし正しいことだけを貫いて生きていけるのだとしたら、きっとこんな風に悩んだりはしない。

泣きたい気持ちを、有希は必死で堪えた。そうしていると、まるで救いの手を差し伸べるかのようにスマホが振動した。画面を確認すると、佐倉からの着信だった。それを選ぶことで退廃的な道を進むのだということがわかっていても、もう理屈で行動できるような精神状態ではなくなっていた。

有希は、応答のボタンをタップした。

『ごめん、電話かけて。今、大丈夫？』

そのやわらかく温かい言葉が、疲れた心の中に染み渡っていくのを感じる。それが引き金となって、堪えていた涙がぽつぽつと溢れてきた。

「……ごめんっ」

『有希、どうしたの？　もしかして、何かあった？』

すぐに何らかの事情を察して、聞き手に回ってくれる優しさに、有希に残ったわずかな理性は崩壊する。気づけば、佐倉にすべてを打ち明けていた。隣人が自分のファンで、小説家を目指していること。自分が作家であることを、彼に隠していたこと。そうして彼に、バレてしまったこと。これまでの経緯を、すべて話した。その話を最後まで、相槌を打ちながら彼は真剣に聞いてくれた。

そして最後に、自分が取るべき行動の答えを彼に委ねた。「……私は、どうすればいいの？」と。もう疲れた頭では、何をしても悪い結果につながる想像しかできなかったから。

けれど、そんな逃げを佐倉は許してはくれなかった。

『有希は、どうしたいの？』

そう訊ねて、彼はさらに話を続ける。人間関係がこじれるのは一瞬の出来事で、その後どうしたいのかを決めるのは自分自身だと。これからも一緒にいたいなら、誠心誠意許してくれるまで謝るしか方法はない。それまでの人物なら答えはもっと簡単なことで、話しかけさえしなければもう関わりは断たれる。

『有希にとってその人は、どういう人？』

あらためてそう訊ねられ、有希は彼との思い出をもう一度頭の中で反芻した。初めはただの隣人だった。けれど自分のファンでいてくれる彼のおかげで、有希は少し救われた。彼の夢を応援することで、自分も頑張って小説を書いていこうと思えるようになった。踏み外しそうだった道をとどまらせてくれたから、彼のために何かできないかといつも考えていた。それは決して、男女の間に芽生える好意と呼べるようなものではなかったけれど。

有希にとっての彼は、かけがえのない良き理解者であることは間違いなかった。これからのことだっていつも想像して、いつか明かせる時がくればいいなとずっと考えていた。だからどうでもいいなんていう選択肢は、最初から持ち合わせてなどいなかったのだ。

「……また、彼の小説を読みたい」

『それじゃあどうしたいのかは、もう自分で決められるね』

彼には見えないけれど、有希は確かに頷いた。許してくれるかどうかわからないけれど、先ほどまで心に辛く圧しかかっていたものが、いくつか下りたような気がする。落ち着いた心で、有希は軽く息を吐いた。気づけば、あれだけ強かった雨脚がいつの間にか穏やかなものに変わっていた。

『ごめんね、こっちから電話かけて。でも、タイミングはよかったみたいで安心した』

良かったのか悪かったのかは、正直わからないけれど。そう言って彼は苦笑する。

有希にとっては、ベストなタイミングで間違いなかった。けれどやっぱり、今電話をするべきではないなとも思う。抑えていた気持ちが、今にも溢れだしてしまいそうだったから。

「……ごめんね、ありがと。私、やっぱりダメだなぁ」

『それだけ真剣に悩めるところは、有希のいいところだと思うけど』

「なんでそんなにポジティブに考えられるの」

そんな風にいつもポジティブに捉えることができれば、もう少し生きやすい人生を送れるかもしれないと有希は思う。だから佐倉のことが、抱いている気持ちなど関係なく羨ましいと思った。

「そういえば、どうして電話かけてきたの？」

『あ、あぁ。うん。やっぱり何でもない』

「何でもないって何？　気になるんだけど」

『ううん、忘れて。わざわざ電話してまで言うことのほどでもないなって、今思ったから』

以前いろいろあったというのに、電話をして女性の心を意味もなく掻きまわした男は、勝手に納得をしたようだ。本当に、何のために電話をかけてきたんだと有希は思う。けれどそんな気まぐれで救われたことに、間違いはなかった。

　そしてイブの前みたいに、普通に話をできている自分にも驚いていた。

『そういえば、小説買ったよ。〝壊れた世界の隣から〟。今読んでるとこだから、読み終わったらまた感想伝えるね』

「別に、いいよ。佐倉くんの好みじゃないと思うし」

『そうかな？　僕は案外こういう小説も好きかもしれない。お世辞じゃないよ』

　それは有希にはわかっていた。彼は自分の小説の感想を教えくれる時、いつも本音で語ってくれるから。だから余計な言葉の裏とかを考えなくて済むのは、心持ちが楽だった。

『そういえば、サイン会やるんだってね。僕も行っていい？』

「別にサインくらい、小説とちゃんとペンを持ってきてくれたらいくらでも書くけど」

『大衆の前で上がってる有希を見たいんだよ』

「それなら来なくていい」

　その時になって、自分の心が本当に落ち着いているのか分からないから。本当は来てほしいという正直な気持ちを隠す、有希の精一杯の強がりだった。けれど佐倉は言った。

『今のは冗談。サイン会、行くよ。それまでに、けじめはちゃんとつけておくから』

「いや、私の方は……」

けじめがつかないかもしれない。言葉にすると、この関係性が崩壊してしまいそうで、思わず飲み込んでしまった。いったいどうすればいいのだろうと、有希は今でも考える。けれど答えは出ない。

『それじゃあ、今度会場で。有希の元気な声が聞けて、嬉しかったよ』

だから、恋人のいる男が異性にそんな言葉を不用意に投げかけるなと言い返したくなる。どれだけ悩んでいるか、きっと理解できていないのだ。こんな男のことなんて、好きにならなければよかった。こんな男にも、良いところがちゃんとあるって気づかなければ、届かない恋に悩むこともなかったのかもしれないのに。

「……バカ」

そんな言葉をつぶやいたと同時に、電話はぷつりと切れた。謝りに行くにしても、今すぐ行っても火に油を注ぐだけかもしれない。そう考えて、一日か二日程度は時間を置くことに決めた。本当は今すぐ、関係性を修復したかったけれど。

それから有希は、ようやく重たい腰を持ち上げ、鍵を開けて部屋の中へと入る。帰る時に雨に打たれずぶ濡れになった服を洗濯機に放り投げ、着替えとバスタオルを棚の中から引っ張り出す。そんな時に、ふと棚の上に置いてある小さな箱が目に留まった。その中には、有希の宝物であるこれまでに届いたファンレターが入っている。

そういえば最近読み直してなかったなと思い、シャワーを浴び終わった後に見るために机の上へと置いておいた。それから体を綺麗にして、長い髪を時間をかけて乾かしてから、久しぶりにその箱を開けた。

ファンレターは、もちろん封筒と一緒に保管してある。けれど有希が注意深く見ていたのはファンレターの内容だけで、それ以外のことは今まであまり気に留めていなかった。だから有希は、初めて彼に会った時それに気づかなかったのだろう。有希は数年越しに、ようやく知った。とあるファンレターを送ってくれた人の名前を。

その名前は――

「高梨秋良」

このファンレターを読んで、返事を送り返すこともしたというのに、有希は今の今まで忘れてしまっていた。まさかお隣同士になるとは、その時は夢にも思っていなかったからだろう。

「そっか、送ってくれてたんだ……」

ファンレターを送るほど好きでいてくれた読者の心を、自分はなし崩し的に踏みにじってしまったのだと気づいて、申し訳ない気持ちでいっぱいになる。有希はその手紙の中身を、数年越しにもう一度読み返した。

七瀬結城先生へ

僕は今、高校に通っています。僕には、誰かに誇れるものなんて何もなくて、明確な夢や目標も一つもありません。そんな僕は、いつも不安に思うことがあります。将来何者になっているのか。その時、そばには支えてくれる人がいるのか。それとも、今と同じような生活を送っているのか。漠然とした将来のことを考えると、不安で仕方がありませんでした。

けれどそんなある時、偶然入った書店でとある本を見つけたんです。それは、今手紙を書いている、七瀬先生の本でした。

僕は普段小説なんて読まないのに、ふと目に入ったその小説を購入して、家で読みふけって、あくる日の朝、気づけば涙が溢れていました。感動したから涙が出た、という陳腐(ちんぷ)な言葉しか今の僕は持ち合わせていませんが、それでもどうしてここまで涙が溢れてきたのか、真剣に考えました。そうして出た結論は、とても単純なことでした。

人間関係を築くことが苦手な僕は、きっと物語の登場人物たちに憧れを抱いていたのです。自分も、彼ら彼女らのようになって、今より明るい毎日を送りたい。そんな自分の正直な気持ちに気づけたのは、先生の小説を読んだことがきっかけでした。

どうすれば、こんなどうしようもない僕が、憧れるような人生を送れるのだろうと、再び考えました。先生の本を読んでいると、その答えがわかる気がして、僕は何度も何度も読み返しました。そして、気づいたのです。きっとこの作者の方は、とても楽しそうに小説を書いているんだって。

僕に何か一つでも夢中になれることがあれば、変わることができるかもしれない。そんなことを、先生は気づかせてくれました。だから僕は、先生のような人間になりたいです。誰かを楽しくさせられるような、嬉しい気持ちにさせてあげられるような、そんな人間に。

僕はすぐに、行動に移しました。これまで読んでこなかった小説をたくさん読んで、今は自分の言葉で幸せな物語を書いています。小説を通して、僕の人生は少しだけだけど、鮮やかに色づいていきました。

この感謝の気持ちを、本当は言葉にして伝えたかったけれど、それは難しいのでこの手紙で伝えます。

僕の人生を変えてくれて、ありがとうございます。

願わくば、小説家としてデビューしてお会いすることがあれば、その時は誇れるような自分でありたいと思っています。

高梨秋良

この手紙を初めて読んだ時、自分は涙を流したのだということを思い出した。彼の人生は、それまでの有希の人生と似通っているものが多かったから。自分と彼とを重ねて、私にも誰かの心に届くような物語を書けているのだと分かって、ただ純粋に嬉しかったのだ。

だから有希は、あの時憧れだった作家がそうしてくれたように、ある一言を添えて手紙を返した。

〝君の小説が同じ棚に並ぶのを楽しみにしているよ〟と。

高校生の頃の自分の人生が、憧れの小説家の影響で回っていたのと同じように、彼もまた、小説を書くということがすべてだった。そんな憧れの対象に偶然出会っていて、今まで隠されていたと知っていたら、きっと自分でも戸惑って涙を流すに違いない。もし現状がうまくいっていなかったら、逆恨みをしてしまってもおかしくないほどに。

だから正直に、謝らなければいけないという気持ちが強くなった。そして、自分の抱いていた気持ちも正直に打ち明けよう。そう決心して、その日は眠りについた。

翌日、目覚めた有希は私服に着替えてファンレターを持ち、高梨のいる隣の部屋のインターホンを鳴らした。中から足音が聞こえてきて、ドアの前でぱたりと止まると、ゆっくりとそのドアが開く。チェーンの掛かったドアの隙間から、高梨の姿がうかがえた。

「話したいことがあるの。開けて、入らせてくれないかな」

「……ごめんなさい」

それが何に対してのごめんなさいなのか、心当たりがありすぎて余計にわからなくなったから、有希は無視した。

「少しだけでいいから。だから、話をさせて?」

「ここじゃ、ダメですか? 今散らかってて……」

「ダメ、片付けも手伝うから」

そんな押しに圧されて、高梨は仕方なくといった風にチェーンを外して中に招いてくれた。散らかってるというのは口実だと思っていたが、本当に散らかっていて有希は驚く。お酒の空き缶が二つばかり机の上に放置されていて、脱ぎ散らかした服が床の上に転がっている。しかし、昨晩片付けなかったものがそのまま残っているという程度だった。

「高梨くん、お酒よく飲むの?」

「……昨日、初めて飲みました」

そう話す彼は、どこか体調が悪そうだった。二日酔いというやつだろう。どうして昨日お酒を飲もうと思ったのか、有希はすぐに想像できた。

「私が悪いから言えたことじゃないけど、ストレスに任せて飲んじゃダメだよ。癖になるから」

本当に自分に言えたことじゃないなと思いながら、せめてもの罪滅ぼしで部屋を軽く片付ける。自分でやりますからという彼の言葉は、すべて無視した。そうして綺麗になった部屋で、有希はあらためて頭を下げる。

「今まで隠してて、本当にごめんなさい」

「先輩が謝ることじゃ、ないです。僕も、なんか昨日言いすぎました。嫌なことがたまってて、たぶん誰かに八つ当たりしたかったんです。だから僕の方こそ、すみませんでした……」

許してくれない想像もしていたけれど、昨日のハッキリ言う高梨はすっかりなりを潜め、いつもの彼に戻っていた。しかし譲れない部分もある有希は、彼に迫る。

「高梨くんは、一つも悪くない。悪いのは、隠してた私なんだから。あなたの気持ち、気づかずに踏みにじってた」

有希は部屋から持ってきたファンレターを取り出して、彼に見せる。すると、最初は困った顔をしていたが、自分の名前がその手紙に書かれていることを見てしまったのか、勝手に小説を見た時のような焦った態度を見せて奪い取ろうとしてきた。

「ちょっと、それは本当に読まないでください！」

「これはあなたが私に送ってきたものでしょうが。だから私の宝物だし、何回でも何度でも読み直す権利はあります！」

「そんな横暴な……」

　奪うことを早々に諦めた高梨は、力なく元の位置に座り直す。なんだかその姿が捨てられた子犬のように見えて、さすがにかわいそうになった有希は、声に出して読むことはしなかった。

「一つ、勘違いされそうだから言っておくけど、この手紙を高梨くんが送ってくれたんだって知ったのは、昨日が初めてだからね。会った時は、気づいてなかった。でも初めて読んだ時、本当に嬉しかった。それは本当」

　それから正直な気持ちを、有希は言葉にした。

「私もできるなら、君に言葉で伝えたかったんだよ。私も、うまくいっていない時期が続いて、そんなときに君に出会った。励まされてたのは、実は私も一緒なの」

「そんな、僕は何も……」

「そんなこと、あるんだよ」

　隣の部屋に高梨が引っ越してこなければ、もしかすると小説を書くことを断念していたかもしれない。ちょっとのボタンの掛け違えで、その後の人生が丸ごと変わってしまうなんてことは、よくあることなのだから。

「それに、私も君と同じだったんだよ。自分に自信が持てなくて、悩んでいた時にとある小説家に出会った。今は、その人が私の担当編集をしてるんだけどね、とにかくその人に私は救われたの」

「先輩も、そうだったんですか？」

高梨に訊かれて、有希は正直にこれまでのことを話した。私たちは、似通っている部分が多くある。そんな二人が出会えたのは、こうしてみると奇跡みたいなことだとあらためて感じた。

幼い頃からの話をして、高校生の頃の話をして、気づけば現在の自分に戻ってきていた。その話が終わった後、ぽつぽつと高梨も自分の身の上話を聞かせてくれる。小説を書き始めた後も、人付き合いはあまり得意にはならなかったけれど、毎日がそれなりに楽しかったこと。県外の大学に進学することを決めたのは、そんな自分を変えたかったという理由からだということ。

そして、

「小説も、もう書くのはやめようかなって思ってました」

正直な気持ちを、言葉にして教えてくれた。

「でも、先輩の話を聞いて、もうちょっと頑張ってみてもいいかなって。先輩ができたから、僕にもできるかもっていうわけじゃないですけど、せめて納得できるものが書けるまでは続けてもいいのかなって」

自分の言葉で、前向きな気持ちになってくれたことが、有希は嬉しかった。

「納得できなくても、良いんだよ。だって、好きなんでしょう？　小説を書くのが」

それなら、自分の気持ちに素直になればいい。納得できなくても、良いものが書けなくても、たとえ誰かに認められなかったとしても、好きなら続けていけばいい。そんな自分の好きなことを自ら失くしていくのは、とてももったいないことだ。

もし、あの時の自分に何か言葉をかけることができるなら、きっとそんな単純で、当たり前の言葉をかけであげるのだろう。

「これからは、君の小説を私が読んで感想を伝えてあげる。私は厳しいから、いっぱいダメ出しをするけどね。覚悟してついてこなきゃ、振り落とされちゃうよ」

「わ、わかりました。先生」

それから有希は、思い出したように高梨の本棚から二冊の小説を引き抜いた。それは、自分が苦しみながらも形にした、大切な小説たち。

「サイン書いてあげる。よかったね。小説に書いたサインは、高梨くんが第一号だよ」

「え、そうなんですか？」

「うん。ほしいって言ってくれてた人がいるんだけどね、その人いつまで経ってもペンを持ってこなかったり、小説を家に忘れたりしてたから」

「それはなんというか……」

おっちょこちょいですね。最初は有希もそんな感想が浮かんだけれど、話す口実を作るために忘れたふりをしていたという真実は伏せておくことにした。あまり事情を知らない人からしてみれば、ストーカーと間違われても仕方のないことだから。

有希は丁寧に、高梨の小説にサインを書いた。そうして、これからも頑張ってねという言葉を添える。その小説を返すと、サインの書かれたページを開いたり閉じたりして、子供みたいに目を輝かせていた。

「そういえば、三冊目はまだ買ってくれてないんだ。ファンなのに」

「あ、えっと……」

喜びに満ちた表情から一転、気持ちを沈ませる高梨。彼曰く、小説を買いに行こうとした時に、郵便物が道に落ちているのが目に入ったらしい。そうして拾って確認してみたら、ということで、小説を買いに行けるようなテンションじゃなくなったみたいだ。それなら、仕方がない。

「先輩、ポストには鍵かけてください。不用心ですよ」

「うっ、ごめん……面倒くさいから、後回しにしてたの」

「僕だからまだよかったですけど、まったく関係ない人にバレてたら、いろいろ面倒なことになってたかもしれませんよ」

　年下に軽く説教を受けたのは生まれて初めてのことで、正直恥ずかしいことこの上なかったが、すべて事実だから何も言い返したりできなかった。逆に、バレたのが彼でよかったと有希は思った。けれど、そんな風にお互い思っていることをしっかりと言えるようになったのは、関係が進展したということで前向きにとらえてもいいのかもしれない。

「お詫びに、三作目今部屋から持ってこようか？　見本誌がたくさん余ってて。いつも家族とかに送り付けてるんだけど」

「大丈夫です。ちゃんとそこは自分で買った方が、自分のものって感じがしますから」

　確か佐倉も、同じようなことを言っていたのを思い出す。自分の小説をそんな風に大切にしてくれているのは、悪い気はしなかった。

「実は、サイン会の時まで待とうかなって思ってるんです。それまで我慢しなきゃいけませんけど、せっかくの機会なので」

「まだ一か月以上もあるよ？　我慢できるの？」

「……頑張ります」

「その間に、我慢できなくなった私が全部ネタバレするかも」

冗談を真に受けたのか、高梨は顔面を蒼白に変えて、慌てて耳を塞いだ。

「それじゃあ、先輩も僕が読み終わるまで我慢しててください」

「それは困る。高梨くんの小説にアドバイスできなくなるじゃん」

「そんなことしたら、僕はもう先輩と口をききません」


素性がバレてしまったのだから、正直今すぐにでも読んだ感想を知りたかったのだが、高梨がそうするというなら仕方がないと有希は諦める。

「サイン会、頑張ってください。僕も行くので、応援してます先生」

「先生ってたくさん言うのは、これからやめてね。なんかむずがゆいから」


そのようにして、高梨との一日だけの仲違いは円満に解決した。佐倉とのことも、こんな風にあっさりと解決することができれば、何も言うことがないのに。今も続く問題を心の中で嘆くけれど、加害者である自分が言えることではないと反省した。

高梨との仲違いが解消してから一か月。これまで合間に行っていた小説のアドバイスが、今では日常的なものに変わりつつあった。ちょうど有希も次回の小説をどうするか考えている空白の時期で、大学もそれほど忙しくはなく、懸念事項といえばやはり就職に関してだった。それもまだ未定ということもあり、大学四年だというのに有希の時間は有り余っている。それを高梨は心配してくれていたが、小説一本でやっていきたいという意思を伝えると、反対せずに納得してくれた。

そんな彼にも、さすがに佐倉との一件は相談できていない。そこまで身の上話を打ち明ければ、確実に引かれるとわかっていたから。未だに隠し事があることに罪悪感を抱かないわけではなかったけれど、これればかりは仕方のないことだと言い聞かせた。それに高梨だって、そんな男女のいざこざを聞きたくもないだろう。これは、言わないことの言い訳に過ぎないのだけども。

高梨の一件で慰められた時から、佐倉は一度も連絡をよこしていない。ゼミの時間だけ登校する大学で目撃することはあるけれど、そのたびに知らないふりをして有希は隠れている。そんな生活をいつまでも続けるわけにはいかないと思ったのは、五月に入ってしばらく経った時だった。

イブの日から続いていた高揚感がだいぶ落ち着いてきた頃、有希はそれとなく高梨の部屋で相談事を持ちかけた。いつものように、高梨がパソコンで小説を書いて、有希が部屋の小説を床に座りながら読んでいる時だ。いつの間にか、そんな風に彼の部屋に足を運ぶことが、恒常的なものになっていた。

「自分の好きな人に、彼がいたとしたら、高梨くんはどうする？」

唐突の投げかけに、キーボードを打鍵するのを中断してくれる。それからどこか嬉しそうに、「もしかして、新しい小説の話ですか？」と訊ね返してきた。

まあ、そんなところ。そう返事をして、こういう時に物語を書いているというのは便利だなと有希は思った。高梨はしばらく考えあぐねて、たっぷり悩んだ後に回答を口にする。

「僕なら、諦めると思います。幸せを、邪魔することはできませんから」

「二人が、うまくいってなさそうだったら？」

「……それでも、二人の関係性と相手の気持ちがハッキリ決まるまで、僕は待ちます」

「だよねぇ……」

有希はどこかで、高梨ならそう言うだろうなという確信をしていた。彼こそまさに、正しいことを曲げるのを、一番嫌うような人物だから。ここで奪い取る覚悟で挑みますとか言われたら、有希は心底驚いていただろう。

そんな有希も、別に奪い取りたいというわけではないのだ。今さらこんなことを言うのは言い訳にしか聞こえないけれど、佐倉とその彼女がうまくいってくれるなら、それが一番いいことだと本気で思っている。ただ、恋人のいる彼のことが好きになってしまって、一時でも道理に反することをしてしまったのは、今でも拭うことができない後悔として心の中に居座っていた。

もし叶うのなら、恋人じゃなくてもいいからこれまで通り一緒にいたい。それができないことは、有希自身が一番理解しているというのに、空想を求めてしまっている。一緒にいられないなら、連絡先をすべて抹消して関係を断てばいいのに、ずるい自分がそれを選ぼうとはしてくれない。

　本当に自分は悪女だと、頭の中を嫌な想像がぐるぐると回っていた。

「先輩」

　考え事をして気分を沈ませていると、高梨が有希に話しかけてくる。どうしたの？と訊ねると、元気が出るように気を使ってくれているのか、慣れない笑顔を浮かべてくれた。

「プリンでも食べますか？　元気出ますよ」

「子供扱いすんなよ」

　そう強がってはみたものの、考えすぎで口の中は甘いものを欲していた。お言葉に甘えると、高梨は台所へと向かい、わざわざ小皿にぷっちんしたプリンを持ってきてくれた。こういうところは、いつも気が利いている男である。

「先輩の気持ちを大切にした方が、僕はいいと思いますよ。何のことかは知りませんけど、後悔しない方を選んでくださいね」

「ん」

　そういうことを言ってくれる人のいることが、今の有希にとってはありがたいことだった。

気づけば日にちは経過し、五月十五日。サイン会まで残り十日というこの時期に、柏崎から電話が掛かってきた。サイン会についての連絡だと思っていた有希は、それほど身構えずにその電話を受けると、開口一番に『おめでとう』という言葉を貰った。

「なんのことですか？」

『壊れた世界の隣から、大重版だ。とても多くの人に読まれている。喜ばしいことだな』

「本当ですか⁉」

ＳＮＳを毎日チェックしているから、二作目の時よりも多くの人に読まれていることは知っていた。だから重版がかかるほど売れているという事実が、その場から飛び上がるほど嬉しかった。

『評判も上々だ。これは口コミ効果が期待できるし、これからもっと伸びることだろう。サイン会の日も、読者の方がたくさん来てくれそうで今から楽しみだ』

「それは緊張しそうですけど……」

『胸を張って、挑むといい。君はもう、スランプを脱することができたんだから』

「はい……」

当日は隣に私もついている。そう言ってくれることが、有希の大きな支えになった。一人だけだと、緊張で震えあがってしまうかもしれないから。しかし今日の電話は嬉しいことだけではなく、次回作についての良くない話についても触れられた。

先日、プロットのさわり部分を柏崎に送信した有希だったが、どうやらあまりいい感触は持たなかったようだ。提案したのは、これまでと同じ青春恋愛小説。それが、今回の問題点らしい。

『これまで君が書いてきたのは、三作続けて恋愛小説だ。このプロットの作品も、煮詰めていけばいい作品になるだろう。けれど、今後のことを考えるならば、もっと違うジャンルにも挑戦すべきだと私は思う』

「違うジャンルですか？」

『あぁ。恋愛小説は、もしかするとこれからの時代下火になっていくかもしれない。世の中にごまんと溢れかえっているからだ。特に記憶喪失系や、ヒロインが亡くなってしまうお話とか、ね。将来を見定めたとき、恋愛小説しか書いてこなかったとなると、大きくつまずいてしまうかもしれない』

それでも、もちろん先生が書きたいと言うのなら、止めることはしないよ。そう言って、今回も有希の意見を尊重してくれるようだった。けれど、小説を書いて生きていくとなると、いずれはいろんなジャンルに手を出していかなければいけないことは、いくらでも想像ができていた。だから有希は、挑戦するという意味合いも込めて、

「少しの期間待ってもらってもいいですか？」と訊ねた。柏崎は『もちろん』と言っ

て、何かできることがあればいつでも協力することを約束してくれた。

そうして短い電話の終わり際、柏崎は思い出したように話す。

『そういえば、もうそろそろ届く頃なんじゃないかな』

「重版の見本誌ですか？」

『いや、ファンレターならぬラブレターだ』

「は、はぁ」

素直にファンレターだと言ってくれればいいのに、柏崎はわざとらしく持って回ったような言い方をする。そんなタイミングを見計らったかのように、郵便屋のバイクの走り去るような音が聞こえてきた。

『悪いけど、念のためにファンレターの中身は編集部の方で確認することになっているんだ。何かあったら、困るからね』

星文社宛てのファンレターも、開封されて届いていたことを思い出す。それにしても、ラブレターって。

「好きですとかなら、今までの手紙にも何回か書かれたことありますけど」

言いながら、玄関を出て集合ポストへと向かう。高梨に注意されてから鍵を付けるようになったため、百均で買った南京錠を開けて中身を取り出した。何通かひとまとめになっているのか、レターパックに入ってファンレターは届いていた。

『そんな生半可なものじゃない。愛の手紙だ。君も、隅には置けないね』

「面白がらないでください」

それでも気になって仕方のなくなった有希は、マナーが悪いと思ったがスマホを肩と耳に挟んでその場でレターパックを開封する。そうして五通入った封筒をごそっと取り出して、柏崎に「どのファンレターですか」と訊ねる。訊ねた後に視界に飛び込んできた名前を見て、この封筒だと有希は確信した。まったく予想もしていなかった出来事に、頭が混乱する。これがドッキリという名目で行われているのだとしたら、彼は大した奴だ。

けれど、先ほどこれは愛の手紙だと言った。その内容を今すぐ知りたかった有希の耳には、柏崎の『佐倉という男だよ。たぶん、君の知人だろう？』という言葉は届いていなかった。

有希は震える指で封筒から手紙を取り出し、それを読んだ。それからすべてを読み終えた有希は、返事も待たずに柏崎の電話を切って、その足で走って駅へと向かった——。

七海有希さんへ

突然のお手紙を、どうか許してください。本当は直接会って伝えたかったけれど、今はまだお互いに心の整理がついていなかったから、ここで僕の気持ちを伝えさせていただきます。

有希を初めて知ったのは、書店で一人で泣いている時だった。どうして、こんなところで一人で泣いているんだろう。そして有希が持っていた小説と同じものを手にして、なんとなしに開いてみた。少し心配に思った僕は、気づけば君に近付いていた。そうすれば、君の泣いている理由が分かるかもしれないと思ったから。

本当はもっと気の利いた言葉を君にかけたかったけれど、見知らぬ人に話しかける勇気がなかなか持てなくて、結局ありきたりなことしか訊ねることができなかった。だから涙を流していた本当の理由を知りたくて、僕は家に帰って君が面白いと言った本を読んだ。これは何度も伝えたことだけれど、正直言って、泣けはしなかった。もしかすると、僕が中学生くらいの年齢だったら、また違っていたのかもしれない。けれど、その後の恋人との向き合い方に変化があったのは、確かなことだった。何年も一緒にいると、いつしか好きだった気持ちを忘れてしまう。それは僕だけなのかもしれないけれど、自分が望んで遠距離になったことで、そんな気持ちがとても強くなってしまった。そんな時に君の小説を読んで、僕は彼女と付き合っていた当時の、まだ楽しかった頃の出来事を思い出すことができた。もう少しだけ、真剣に向き合ってみよう。そう思えてからは、誠実な気持ちで彼女と接することができた。

君と再会したのは、そんな風に気持ちが変化した矢先のことだった。書店で見かけた女の子が同じ大学の構内を歩いていて、僕はとても驚いた。そして同時に、同じ学科だった君の名前を知った時に、ある一つの確信を得た。

それはあの小説の作者が、君自身だったってこと。自分の小説が発売されたことに、涙を流していたんだって、その時ようやく理解した。同い年の人が作家をやっているなんて、僕は思わず尊敬の眼差しを向けていた。けれど入学当初、まだ元気のあった君が落ち込んでいくのを、初めの頃はずっと目で追いかけることしかできなかった。ふとした時にきっかけができて、知り合いになることはできたけど。あの時の僕は、まだ君のことを見ていることしかできなかったんだ。

君の二作目の小説『いまさら愛してるって言われても。』は、発売日に購入してその日のうちに読んだんだ。一作目とはまた違ったストーリーの小説で、僕はそれを読んで、また自分の気持ちに気づかされた。君のことを意識していると自覚したのは、その二作目を読んだ後だった。いつしか恋人よりも君のことを気にかけていて、なんとか笑顔にできないかとずっと考えていた。この不誠実な気持ちを、自分で抑えることができなかった。だから僕には、一作目の登場人物の気持ちが痛いほどによくわかった。

人への想いを理屈で説明することなんてできなくて、ただ好きになってしまった事実だけがそこにあるんだってことを。

それでもそんな気持ちを理解したとしても、僕は彼女に別れを告げることができなかった。そういう弱さが、いろんな人を傷つけるんだってことを分かっていても。

あの時の僕は後のことなんて、正直気にかけていなかった。君のことを笑わせることができれば、それだけで十分だと思っていたから。

だから、それ以上先を求めてしまうつもりは、本当はなかった。君がこれからも小説を書き続けて、笑顔でいてくれれば十分だと僕は思っていたから。けれど、自分の気持ちにどうしても嘘は付けなかった。その結果、僕は君を困らせてしまった。

せめて気持ちを伝えるならば、美結と別れた後にしようと決めていたのに。傷付けてしまうのも、傷付くのも怖くなって、僕はすべてを後回しにしてしまっていた。

そして君の三作目。『壊れた世界の隣から』を読んで、僕は思った。もし主人公と同じように、一度だけ過去をやり直せるとしたら、どうするだろうと。たとえば今この瞬間が、未来から戻ってきた直後だったとしたら、僕はどういう選択をするんだろうって。その答えは、案外すんなりと心の中に落ちてきた。

きっと、ここでもう一度君に思いを伝えなかったら、僕は一生後悔する。後悔したまま、美結とずっと一緒に居続けて、なし崩し的に結婚をして、いつまでも罪悪感を抱き続けるんだって。

だから僕は、せめて自分の決めたことで、この先の後悔をしたいと思った。彼女に罵られても、君に不誠実だと叩かれたとしても。それが曲がりなりにも、僕が選んだ道だから。

五月十六日。その日が、美結と付き合い始めた記念日なんだ。だから、僕は十五日にここを発って、本当の気持ちを伝えてくる。その後に、もし有希が許してくれるなら、もう一度直接会って話をしよう。

僕らのこれからの、未来の話を。

佐倉拓真

その手紙には、五月十五日に地元へ帰ることが書かれていた。そうして、自分の気持ちに向き合うために、恋人に別れを告げてくるという宣言。それが彼の決めたことだというならば、有希が口を挟んでいいことではない。

けれど自分が間に入ってしまったがために、彼にそういう決断をさせてしまったというのなら、何としてでも謝りたかった。自分が、関係を破壊してしまったことを。そしてもし叶うとするなら、考え直してほしかった。それは本当に、自分の本心なのか。うまくいかないことを嘆いて、衝動的な気持ちで決めたことなんじゃないか。そんな取りとめもない想像が、走る有希の脳内をいくつも駆け巡る。

どうしていつも、こんなまどろっこしいことをするのだろう。あの電話をした時、一言相談してくれれば、こんなにも急ぐ必要はなかったのに。けれど彼が話すことを躊躇わせてしまったのは、どうしようもない自分が弱みを見せてしまったからだということに、今さらながら気づいた。きっと自分がしっかりしていれば、彼はあの時この手紙の内容を自分に話すつもりだったのだ。

そんなことを今さら悔いたって、止まってしまった時計の針は動き出してしまったのだ。イブの夜から、停滞していた時間が。どうして自分は、こんなにもどうしようもない人間なのだろう。もっと早くに決断できていれば……そう考えても、今さら後の祭りだった。

久しぶりに全力で走ってバスに乗り、有希は駅にたどり着く。すでに慣れない運動をしたせいで息が切れ切れだったが、広い駅の中へと入って彼の姿を探した。そうして偶然にも佐倉らしき人の、改札口へと向かう姿が目に留まる。けれど気づいた時には、遅かった。彼はタッチ決済で改札を通り、駅のホームへと歩いていく。

あと一歩、届かなかった。けれど諦めきれない有希は、切符売り場で適当な券を購入して、それを改札口に通して再び彼の姿を追った。そうしてホームへと続く階段の途中に、彼はいた。有希は走って、彼の手を取る。

「よかった……捕まえたっ……！」

息を整えながら、有希は下げていた顔を上げる。安心して喜んだのも束の間、それはぬか喜びだったということに気づく。有希が手を取った人物は、佐倉とは似ても似つかないどこかのサラリーマン風の男性だった。有希と同じく、突然の出来事に彼も目を丸めていた。

「うわっ！　間違えましたー！」

焦って振りほどくように手を離してから、意味もなく駅のホームの階段を上った。そこにはもちろん、佐倉の姿があるはずもなく、先ほど見た人物も単なる見間違えだったのかもしれないと思い始めてきた。

電車が参ります。黄色い線の外側まで離れてお待ちください。そんなアナウンスが流れ、電車を待つ人たちの列を確認しても、佐倉の姿は見つからない。そもそも、今この時間に電車に乗るとは限らないのだ。もっと前の時間に乗っていたかもしれないし、それとも後かもしれない。飛び出してきたはいいものの、そんな当然のことを考慮していなかった。

人の列が電車の中へと吸い込まれてきて、再びホーム内にアナウンスが響き渡る。ドアが閉まります、ご注意ください。そして電車は閉まり、目的地へと走り出す。それを有希は、ただ見送る。乗客がいなくなって、少し閑散とした駅のホームに一人、有希は取り残された。

いったい、何を馬鹿なことをしているのだろう。帰ろう。そして帰り際、電話でもすればいいじゃないか。何も、直接会う必要なんて、無いのだから。そんな諦め気分で、有希は駅構内に戻る階段を沈んだ面持ちで下る。

「有希？」

少し前方で、自分の名前を呼ぶ声があった。有希は俯かせていた顔を上げて、その人物を確認する。そこには、どうしてここにいるのかわからないといったような、困惑した表情の佐倉が立っていた。

そうして泣くつもりなんてなかったのに、有希は彼を見つけた安心感で思わず涙を流した。佐倉は慌ててこちらへと駆け上ってきて、「どうしてここまで来たんだよ」

と優しく訊ねてくる。

言いたいことは、山ほどあった。けれど驚くことに、およそ五か月ぶりぐらいにまともに会って会話をしているというのに、何も言葉が出てこなかった。ただ涙が溢れてきて、どうしようもなくて、気づけば子どもをあやすように、佐倉は有希のことを抱きしめていた。

どうやら佐倉は次の電車に乗るつもりだったようで、早すぎる時間に着くというのはいつものことのようだった。その話を、駅のホームのベンチに座りながら聞いた。有希のことを気遣ってか、彼は自販機でオレンジジュースを購入して、有希の手に握らせた。涙で火照った体を、缶の冷たさが伝ってほんのり涼しくさせてくれていた。

「明日、付き合って七年目なんだ」

七年という言葉の重みに、有希は嫉妬の気持ちを覚えた。そんな感情を覚える筋合いなんてあるはずもなく、決してもう抱くつもりもなかったのに。会った瞬間、せき止めていた気持ちは一気に崩壊してしまった。

「そこでは毎年会うことになってるから、自分の気持ちをハッキリ伝えようと思って。電話も考えたんだけど、七年付き合っておいて電話一本で別れるっていうのは、どうしても許せなかったんだ」

これから伝えに行くことも、直接言ったからって、到底許してもらえるような内容でもないんだけど。自虐するように、佐倉はそう言った。

「彼女さんと別れるっていうのは、やっぱり私が……」

「それは違う」

有希の言葉を遮るようにして、佐倉は言った。

「結果論だけど、どちらにせよこのタイミングで別れていたと思う。これは僕自身の、気持ちの問題だよ。この前企業から内定も出てさ、四月からの就職場所が決まった。このタイミングで地元に帰らない決断をしたっていうのは、そういうこと。これは有希と会っても会わなくても、おそらく変わらなかったことだ」

相手に罪悪感を抱かせないように、最もらしい言葉をたくさん並べ立てて、沈んでしまった心を少しでも軽くしようとしてくれている。そんな優しさが節々から伝わってきて、また自分は何も言えずに流されてしまうだけなのかと辟易とした。

すべて相手に言わせて、自分は蚊帳の外から見守るだけ。そんな卑怯な自分には、もうなりたくはなかった。正しさなんて、どうだっていい。たとえ彼が彼女と別れる選択が変わらないのだとしても、自分が同じ当事者であることの責任を取る必要があると思った。一緒に背負わなければ、佐倉だけを悪人にしてしまうと思ったから。だから有希は、背け続けていた自分の気持ちを正直に彼に話した。

「……私、あなたのことが好き」

本当は、真面目にいろいろなことを考える誠実な人間なのに、励ます時は慣れない態度で接してくるところが、好き。本当は、心の底では彼女のことを今でも大切に思っているのに、それを手放してまで私の心配をして、好きでいてくれるあなたのことが、好き。

そして、今までその優しさに甘えて、あまつさえ利用しようとしていた自分のことが、一番嫌いだった。だから有希は、本当の気持ちを口にした。

それでも彼は、たった一度だけ間違いを犯しただけで、未だに自分の思う誠実を貫き通そうとしていた。息を吐いて、困ったような顔を浮かべて彼は言う。

「それは、僕がちゃんと別れを切り出してから、また聞くよ」

駅のホームに、次の電車がやってきた。佐倉は立ち上がって、「それじゃあ、しばらくの間お別れだね」と言う。有希は、その手を握った。

正しさを貫くことに、いったい何の意味があるというのだろう。有希は今まで、曲がりなりにも自分の思う正しいことを選んで生きてきた。その結果が、これだ。正直者が馬鹿を見るとはこのことで、そりゃあ幸せな瞬間もあったけれど、いつまでも続いたりはしなかった。

きっと佐倉も、そう思っているはずだ。直接会って話をすることに、何の意味があるのだろう。頬を叩かれるかもしれないし、別れないでほしいと泣きながら懇願されるかもしれない。そうやって求められれば、罪悪感を抱いてしまうような性格をしているというのに。

「きっと僕も、綺麗な人間でいたいんだと思う」

振り返って佐倉が言ったその言葉は、初めて彼の心の底からの本音のようなものがうかがえた。

「別に会うことに意味なんてないけれど、ただ一つ理由を付けるとするなら、やっぱりそれだと思うんだ。正直ここで僕のことを引き留めてくれてもいい。けれど、ちゃんとハッキリ言わなかったことに後悔が残る。それはきっといつまでも寝覚めが悪いから、僕は今正しいと思うことをするんだよ」

彼の話を聞き終えて、諦めたように手を離した。彼の信じる道を捻じ曲げるようなことが、有希にはできなかったからだ。ドアの閉まるその一瞬前に、佐倉は地元へ向かうための電車に乗り込む。

最後にこちらを振り返って、彼は言った。

「一緒に道を踏み外してくれて、ありがとう」、と。

それが、彼と話した最後の言葉となった。

彼の乗る飛行機は、五月十五日、墜落した。

そのニュースを有希が初めて知ったのは、その日の夕方のネットニュースを見た時だった。日本国籍の航空機が、おそらく整備不良が引き金となって墜落した。現時点で死傷者数が不明のその大事故は、テレビのニュースでも大々的に取り上げられていた。そしてその飛行機に、もしかすると佐倉が乗っていたのかもしれない。

そんな予感めいたものが有希の頭の中を渦巻いていて、そうであってほしくないと思ってすぐに彼に電話をかける。しかし何度かけても、彼につながることはなかった。

もしかすると、別の飛行機に乗っていて、まだ機内にいるのかもしれない。それかすでに地元に着いていて、彼女と話をしているのか、実家でご飯を食べているのか。そんな言い訳にも似た妄想を、そうであってほしいと祈り続けていても、彼から折り返しの電話が返ってくることは一度もなかった。

有希は何かに取りつかれたように、何度も何度も佐倉の電話番号を押し続けた。一度だけ繋がってくれれば、それで満足だった。深夜でも気にせずに安否確認のメールを送って、もう何度目かわからない電話をかけ続ける。

その行動に諦めの色が見え始めたのは、翌日の夜になった時だった。丸一日が経過して、何の連絡も来ないということは、さすがに何かあったと考えるのが妥当だろう。電話にも出られなくて、メールの返信も送ることができない。そんな理由は、先の飛行機事故が原因としか思えなかった。最悪の想像が、頭の中から離れてくれない。ようやく思いを伝えることができたのに、どうしてこんなにもあっさりと、大切なものはこぼれ落ちてしまうのだろう。自分が幸せを願うこと自体が、もしかすると間違いだったのかもしれない。不幸に取りつかれている自分は、人並みの幸せなんて得ようと思うこと自体が間違いだったのかもしれない。

こんな最悪の結果になるなら、あの時、彼の手を離さなければ。諦めずに、行かないでと懇願して、地元へ帰るのを引き留めていれば。そんな身勝手で道理に反することが自分にできたとすれば、彼を失わずに済んだのかもしれない。

正直者が、馬鹿を見る。綺麗な人間でいたいという中途半端な気持ちを抱いたから、とんでもないしっぺ返しを食らったのだ。

正しく生きることに疲れ切った有希は、それから三日三晩何も食べなかった。何かを作る気力すら湧かなくて、微かに残っていた人間の本能だけが邪魔をして、水だけを飲んでいた。そうしていれば、いずれ彼の元へと行けるような気がした。たとえその先が地獄だったとしても、一緒に落ちてもいいと思えるぐらいに、有希にとっての彼はとても大切な人だった。

かすれていく意識の中で、大切な人の声が聞こえた気がした。その人はいつだって自分のことを見守ってくれていて、困った時には励ましてくれた。たとえ彼以外の全員を敵に回したとしても、一緒にいたいという強い気持ちが今の有希にはあった。その気持ちを、最後に会った駅のホームで見せていたとすれば、きっと彼も仕方ないなと言ってついてきてくれたのだろう。

そんな未来が、もう永遠に訪れないのだということは、有希自身が一番理解できていた。意識の向こうで、何かを話す彼の声がする。導かれるように、手を伸ばそうとした。その手は空を切り、ようやくハッキリとした声になって有希の耳へと届く。

まだ、ここに来ちゃいけない、と。

その声が聞こえた瞬間、他の誰かに手を引かれるように、有希は現実へと引き戻される。こんなどうしようもない自分を、それでも強い力で引っ張ってくれる存在がまだいるのだということを、有希は知らなかった。

目を覚ましてから一番初めに感じたのは、誰かが手のひらを握ってくれている温かさだった。一瞬、彼がここへ帰ってきてくれたのかと思った。けれど、それは違った。そんな都合のいい話は、この現実には転がっていなかった。

「最近、ずっと僕の部屋に来なかったので心配しました」

有希の手のひらを握ってくれていたのは、隣の部屋に住んでいる高梨だった。重たいまぶたを開けると、薄暗い視界の中で彼の覗きこんでくる顔を見つける。とても、心配している表情を浮かべていた。

「心配になって、部屋の鍵、壊して入りました」

何か言葉にしようとしても、喉がかすれてうまく声に出すことができなかった。

「嘘ですよ。先輩、また鍵かけてませんでした」

今回ばかりは、鍵をかけていなくて正解でしたけど。今回はたまたまかけていなかったけれど、もしいつものように鍵をかけ忘れていなかったら、自分は誰にも発見されずに餓死していたかもしれない。冗談ではなく、有希は本気でそう思った。そして、そのままいなくなれたら、それはそれで幸せだったのかもしれない。

「とりあえず、スポーツ飲料買ってきたので飲んでください。それと、何か部屋から持ってきましょうか?」

有希は乾燥しすぎて使いものにならない自分の喉を、精一杯開いて彼に訊ねた。

「……何も聞かないの?」

「それは先輩が元気になってから、話せそうならまた聞きます。今は体調が優先です」

一言だけ話して疲れた有希は、それからまただんまりとしてしまった。高梨と、話したくなかったわけじゃない。人間というのは、長期間腹に何も入れなければ、すべての気力を失う生き物らしい。喉を震わせることすら、今の有希には辛いことだった。

高梨はペットボトルに入っている飲料をわざわざコップに移し、どこから持ってきたのかストローをさして有希に飲ませてくれる。久しぶりの甘味は、すぐに疲れた体にいきわたって、死にかけていた脳にとろけてしまいそうなほど心地よい快感が駆け巡った。それから、おそらく自分の部屋から持ってきたみかん味のゼリーを、有希のペースで食べさせてくれる。それを完食した頃には、しゃべる気力ぐらいは取り戻せていた。

「風邪、引いたとかじゃないんですよね」

「……飛行機」

その単語だけで、有希の言いたかったことは伝わったのだろう。高梨はいたたまれない表情を浮かべた。

「もしかして、知り合いが乗ってたんですか？」

確証なんてなかったけれど、もう現実逃避ができるような時間ではなくなった。事実、床に投げ捨てられたスマホを手繰り寄せて開いてみても、彼からの返事はない。あれから、四日間は経過しているというのに。

「……連絡、来てないの。まだどこかで生きてるなんてこと、あるかなぁ……？」

何も知らない高梨の口から、気休めでもいいから彼の生存の可能性に期待を持たせてほしかった。まだどこかで生きているって思わなきゃ、あまりにもやるせなさすぎる。あの瞬間が、二人の最後だったなんて。

底抜けに優しい彼なら、今だけは非現実を見せてくれると思った。けれどそんな甘い選択は許してはくれなかった。問題をただ先延ばしにしているだけだって、わかっているのだろう。だからせめて、少しでも早くにこの悲しみを乗り越えられるように気を使ったのか、彼は真実だけを口にした。

「名前は知らないけど、同じ大学の先輩が亡くなったらしいです。墜落した飛行機に、たまたま乗り合わせてたからって」

あぁ、それならもうダメなんじゃないか。佐倉の命は、とてもあっさりと、唐突に奪われた。救えたかもしれなかったのは、あの瞬間、あの場所にいた私だけだった。

正直、どうしようもなかったけれど。二人は最終的に、正しいことを選んだのだから。

中途半端に綺麗でいようとしてしまったから、きっと神様が罰を与えたんだ。それ以外、考えられなかった。

「結局、一人になっちゃった……」

こんな思いをするくらいなら、小説家になんてならなければよかった。そうすれば、佐倉と知り合うようなこともなかったのに。平凡で、多くを望まない人生を選んでいけばよかった。幸せの裏には、不幸が背中合わせにぴったりとくっついているなんて事実を、知りたくなんてなかった。

そんな退廃的な気持ちに身を任せようとする有希の手を、それでも高梨は掴んで引き止めてくれた。そうして、言った。

「まだ、僕がいます」

彼はこんなにも、大きな手のひらをしていただろうか。いつも隣でキーボードを叩いている彼の手のひらを盗み見て、有希は常々小さいなぁと感じていた。それが、いつの間にか大きくなったのか。それとも、元々大きかったのか。

その手のひらは、有希の乾いた心をそっと包み込んでくれた。

「……ダメだよ。私がそばにいると、君まで不幸になる。それなら、一人でいた方がずっとマシだよ……」

「僕は今、幸せです。それは先輩がいてくれたから、そう思えるんです」

今はそうでも、君は一度自分のせいで傷付いたじゃないか。そう言ってやりたかったけど、喉がひくついて上手く言葉にならなかった。

「だから先輩も、幸せになることから、逃げないでください。また笑って人生を送れるように、僕はそばにいますから。これは、先輩がここまで僕を連れてきてくれたことへの、恩返しです」

その手を有希は、まっすぐに握り返すことができなかった。一緒にいるということは、背負わなくてもいい、多くのものを背負うということになる。これからも、辛いことや大変なことは、たくさんあるだろう。傷付いて、悩んで、後ろを向いて、それでもきっと彼は、今みたいな笑顔で幸せだと言ってくれるのかもしれない。そんな重荷を背負わせてしまうような人生なら、ここで手を引かせた方が彼のためになる。

それが正しいことだと分かっているのに、心の弱い有希には振りほどく力は残っていなかった。

「幸せと不幸は、紙一重なんだ……」

そうつぶやく有希の瞳からは、大粒の涙が溢れていた。

「誰かが幸せになる裏で、他の誰かが不幸になる。世界はきっと、そういう風にできているんだよ。だから私は、誰かを不幸にしてまで、幸せになんてなりたくない……」

佐倉を選ぶということは、相手の彼女を不幸にすることと同義だった。一度はその選択肢を選んでしまったけれど、今ならきっと、もうそんな間違いは犯さない。他人の不幸で成り立つ幸せの上なんて、有希は歩きたくなかったから。

幸せになんて、なりたくない。最後にそうつぶやこうとして、使いものにならない喉が限界をむかえた。乾いた咳をして、肺がピリリと痛む。すぐに高梨は、ストローを口元へ持って行き、水分を与えてくれた。そうしてまた、話し始めようとした有希の手を、今度は強く握る。

「七海さんはこの指で、数えきれないほど多くの人たちを、幸せにしてきたじゃないですか」

高梨はいつも先輩先輩と呼ぶから、自分の名前をちゃんと覚えてくれていたことに、場違いにも有希は驚いていた。

「だけど、もう十分なぐらい、これまで傷付いて生きてきました。そんな人が今さら少しだけ幸せになっても、誰も文句を言いませんよ。いきなり、多くの幸せを求める必要なんてありません。この手のひらに少しだけ乗るような、ほんの少しの幸せから始めてもいいから、前向きに生きていきましょう。そのお手伝いなら、この僕がいくらでも喜んで引き受けますから」

手のひらの上に乗るような、ほんの少しの幸せ。そんなものが、もし本当に得られるとするならば、もう少しだけ頑張って生きてもいいのかもしれない。けれど今日は、とても大事なものを失ってしまった。あの日からずっと、心にぽっかりと穴が開いたままだった。だから今は、せめて今日だけは、後ろを向いて、もう後悔のないように泣きたかった。そんなどうしようもないわがままを、二つも年下の彼は許してくれた。

それから有希は、壊れたように泣き続けた。これから前を向いて、歩き出すために。ほんの少しの幸せを、見つける旅にでるために。

＊＊＊＊

最後のページを読み終わった彼女の瞳は、いつの間にかうるんでいた。先ほどまでは強気な態度でいたというのに、そんな子もこんな風に涙を流すんだなと、もの珍しそうに観察する。

「君は、有希のことが嫌いだったんじゃないのか?」

「そ、そうですけど……」

まさか、こんなにも突然彼が亡くなるなんて、思うわけないじゃないですか。そんな素直な感想を話す彼女に、ハンカチを手渡す。そのハンカチで、一筋だけ漏れ出た涙を拭いていた。

「有希の選択は、正直今でも許せません。けれど、確かに同じ立場だったら、私も揺らいじゃうかもしれないって思いました。たくさん不幸なことが続いた人生で、突然現れた光だから……そして、辛いことが重なって同情してしまっている自分が、一番嫌いです」

「同情することは、別に悪いことじゃない」

それだけこの物語の主人公である、七海有希のことを思ってくれているということなんだから。

最後のページを読み終わった彼女は、もう続きのない物語を探すように、ぺらぺらと今までの原稿をめくり始めた。

「というか、これで終わりなんですか……？　これから有希は再び前を向いて歩いて行けそうですけど、まだいろいろなことを、投げっぱなしのままだと思うんですけど」

「安心しろ。まだ続きを書いていないだけだ」

正直、これで完結だとしても、そこまで不思議なことではない。主人公の大切だった人は、不慮の事故によって亡くなった。残された人は、今度こそ前向きに生きていこうと決心して、物語の幕を閉める。いくらでも続きの想像の余地がある、よくある終わり方だ。

けれどそういう終わり方が、私は正直嫌だった。有希の言葉を借りて言うならば、最後に、とって付けたような幸せをぶら下げるなんて、あまりにも〝無責任〟なことだと思っているから。それは目の前の彼女も同じような考えをしているようで、続きがあることを知って安心した表情を見せた。

「よかった。正直、登場人物が亡くなって終わりって、苦手なんですよね。読者が求めているのは、そういうお話だっていうのは、わかっているんですけど」

幸せの向こう側の話も、見てみたいなって思う時があります。そう言って、グラスに残っていた烏龍茶を飲み干す。

「幸せの向こう側って？」

「端的に言うと、物語の先の世界です。人生は八十年時代って言うじゃないですか。その人にとっての劇的な出来事が、青春時代の一片だけとは限らないです。私はいつも、描かれていない向こう側の世界を空想するんです」

「描かれていない世界か。つまり、未来だけじゃなく過去も含まれるわけだ」

「過去編も、ありかもしれないですね」

そんな話をしていると、気づけばファミレスの中は家族連れでにぎわっていて、迷惑にならないように席を立つ。お会計のとき、隣に立つ後輩へ言った。

「悪いけど、持っててくれ」

「わかりま、」

彼女は言いかけて、時間が止まったかのように言葉を切った。何か思い出したかのような表情を浮かべる後輩は、カバンを持つために差し出した手を押し出す形に変えて、渡そうとしたカバンを突き返す。

「その手には乗りません」

「おいおい、いったい何の話だ」

「すみません。領収証ください」

手の空いている後輩は、私を無視して代金を支払う。領収証を受け取ってから、

「ほら、行きますよ」と先を促した。店内を出てから、あらためて彼女に訊ねる。

「後輩に奢らせるわけにはいかないよ」

「さっきの店で、次は私が出すって話だったじゃないですか。それに今は、私が先生の担当編集なんです。この打ち合わせ代も、会社の経費で落とさせてもらいます」

ぐうの音も出ないほどの正論を突きつけられ、珍しく何も言い返せなくて押し黙った。きっと代金を払われると気づいたのは、先ほど読んでいた小説に同じシーンがあったからだ。余計なことを書かなければよかったと、数日前の自分を嘆いた。

「もしかして、柏崎さんのモデルって先輩ですか？　初めて登場した時から、ずっとそうなのかもって思ってたんですけど」

そんな後輩の想像は、半分正解で半分外れていた。私にとって、柏崎鏡花は憧れであり目標でもある人物だ。彼女のような人になりたいという思いがあって、今の私がある。だからもし、自分をモデルにしているとすれば、それは柏崎ではなくて別の人物だった。その答えを、私は後輩に教えてあげた。

「有希だよ」

後輩と別れて、息子の待つアパートへと向かう道の途中、脳内に唐突に過去の光景がフラッシュバックする。ずっと、心の奥底に封印していた過去は、自らの意思でふたたび開け放たれてしまった。

それは、忘れようとしても忘れられない、とある日の思い出。それを思い出すたびに罪悪感で押しつぶされそうになって、胃の奥から不快なものがせりあがってくる。思わず倒れ込みそうになって、精一杯の抵抗を見せて、住宅街の塀に体をあずけた。

頭の中から、幻聴が聴こえる。どうして助けてくれなかったんだと、たくさんの人たちが喚いているような気がした。

「やっぱり、向き合うなんてことは無理なのかもしれないな……」

それでもいつかは向き合わなければいけないと思って、この年まで生きてきた。犯した罪に向き合うことが、私の残りの人生のすべてだったから。ここで目を背けてしまえば、一生逃げ続けるだけの人生だと思ったから。

だから私は、あの小説を書いたのだ。

それから随分と久しぶりに、幸せだった頃の記憶を思い出していた。思えば、あの頃からどうしようもなかった人生がまた音を立てて回り始めたのだ。逃げない人でありたいという思いに反して、うまくいかないことばかりが続いたその後の人生。正しさを貫いて、それでも再び失ってしまったあの日の記憶。

私は塀に体を預けたまま、あの日の思い出の中へ意識を沈めた。

Refrain

プロローグ

　突然の飛行機事故で、愛していた人物を亡くした私は、絶望の淵に立っていた。けれど隣に住む小鳥遊公生くんという男のおかげで、かろうじてこれからも生きていこうという思いを繋ぎとめることができていた。

　あの飛行機事故から十日後。連日ニュースでは事故の詳細な内容が取り上げられていて、亡くなった遺族の方の悲痛な声がインタビューとして地上波で流れている。それを対岸の火事のように思うことはできなくて、テレビの電源コードを抜いたまま生活していた。

　その十日の間に、小鳥遊くんは毎日のように私の部屋を訪れては、甲斐甲斐しく身の回りのお手伝いをしてくれていた。これまでカップラーメンばかりだった生活を気遣ってか、慣れない料理を一緒に作ることで、栄養バランスも考えてくれた。

　そんな彼と一緒に作った野菜炒めを食べながら、申し訳なさそうに話を切り出す。

「そんなに、毎日気を使わなくてもいいのに」

「これは僕が好きでやってることですから」

　心の支えとなっていた人を失った私は、あれから一人でいると嫌なことを思い出して、泣いてしまうことがあった。これまでそれほど弱い人間でもなかったけれど、彼を失ったショックは心の内側に深く突き刺さって、消えない傷跡として残ってしまった。

　小鳥遊くんの前では普通に振る舞えているつもりだったけれど、いつも顔色ばかりうかがっている彼には簡単に見透かされてしまっている。私は、ぼそりと「ありがとう」とつぶやいた。

　正直サイン会は中止にしてもいいんじゃないかと、小鳥遊くんは言った。けれど今は、たとえ少しでも誰かに裏切りを重ねるような行為はしたくないと思って、自分の弱った心を無視して開催を強行した。担当編集である柏木星花（かしわぎせいか）さんも、小鳥遊くんと同じく心配してくれていた。だから中止を提案してきたけど、二言目には突っぱねた。

　あの時、桜庭くんはファンレターに、これからも小説を書き続けてほしいと綴っていた。亡くなってしまった彼は、もう私の書く小説を読むことはできない。それでも私は、書き続けなければいけないと思った。いつかどこかで奇跡的に再開することがあれば、その時こそは胸を張れる自分でいたいから。それが、優柔不断で逃げ続けてばかりいた私の、せめてもの償いでもあった。

　けれどそんな思いとは裏腹に、悲しみを乗り越えることで、何か新しい話が思い浮かんでくるような都合のいいこともない。サイン会の日になっても、新作の予定は未定のままだった。

彼のいる前で、身だしなみを整えて化粧をする。少しでも励まそうと思ったのか、普段はそんなことを自ら言うような人でもないくせに「今日の先輩は綺麗ですね」と言った。その優しさに、私は「ありがとね」と返す。

玄関を出て、小鳥遊くんはあらためて訊ねてくる。

「忘れもの、ないですか？」

「そんな遠足に行く子供じゃないんだから」

「先輩、適当なところあるから。ペン、持ちました？　色紙も持ちましたか？」

「それはわざわざ持って行かなくても、向こうの人が全部用意してくれるよ。だから、特に持ってくものなんてない」

「それじゃあ、せめてファンの方に見せる笑顔だけは、持っていってあげてください」

本当にこの後輩はお節介が過ぎると苦笑する。けれどそんな彼にここ数日救われたから、今日を無事に迎えられたことは確かだった。

「小鳥遊くんが、ちゃんと来てくれるなら笑えるかも」

「それは絶対、後から行きますよ」

「それじゃあ、たぶん大丈夫」

彼がちゃんと来てくれることに安心して、私も自然と笑みがこぼれる。あの日からしばらくの間、普通に笑うことさえ難しかったというのに。部屋の掃除や洗いものをして、その後休憩してから向かうと話す彼に、当然のように部屋の鍵を預けた。彼なら何もしないと、信頼している。今は厚意に甘えて身の回りの家事をすべて任せてしまっているけれど、そろそろ自分もやるべきことはやらなきゃいけないとは思っていた。

それから私は、一人でサイン会の会場へと向かった。

いつも小説を購入している書店の隅にはテーブルが設置され、椅子に座る私は先ほどからたくさんの人と会話を交わしていた。その相手の誰もが〝名瀬雪菜〟のファンであり、今日のサイン会を今か今かと心待ちにしてくれていた人たちだ。

サイン会が始まる前は、緊張で胸が張り裂けてしまいそうだったが、自分の小説を好きだと言ってくれる人たちのおかげもあって、今は心が落ち着いていた。これからも、素敵な小説を届けてください。そんな励ましの言葉が、傷付いた心を徐々に癒してくれる。今すぐにまた書き始める、というわけにもいかないけれど、またゆっくりと次回作を考えていきたいという前向きな気持ちになれた。

私のことを応援してくれるのは、サイン会に訪れてくれるファンの人たちだけではなかった。サイン会が開催されるとネットに情報がアップされてから、高校の頃の恩師である柳原先生から久しぶりの連絡が来た。

『まだ、小説を書くことを続けられているんだね』と。

本当は直接足を運びたかったらしいが、仕事で忙しい先生は、今日この場所に来ることは難しいようだった。だから電話で出版おめでとうと言われ、私は感謝の言葉を伝えた。何もかも置いてきた地元で、今も自分を応援してくれている人がいることが、何よりも励みとなった。

そうして私は、サインを書きながら横目で小鳥遊くんの姿を探していた。後でちゃんと向かうからと言った彼は、未だに目の前に現れない。もしかすると、ここへ来る途中に事故に遭ったのだろうか。おそらくないだろうけれど、通り魔に刺されたなんて事態も考えてしまう。突然の飛行機事故が起きてから、そんな最悪の想像を浮かべてしまうことが増えていた。

「先生」

次のファンの方が、集中力の途切れ始めた私のことを呼ぶ。今は探しても仕方がないし、サイン会に集中しよう。そう思いなおして前を向くと、そこに立っていたのは自分と同い年ぐらいの、とてもきれいな女性だった。

「あ、あぁ、ごめんなさい。ぼうっとしてました」

そう弁解して笑顔を作る。すると目の前の女性は、私の手を突然握りしめてきて、言った。

「ずっと、会いたかったです！　大ファンなんです！」

今までの誰よりも興奮気味に話す彼女に、私は少々引きつつ、それでも嬉しいなと感じた。けれど、彼女の顔色はどこか悪そうだった。

「ありがとうございます。顔色悪いですけど、大丈夫ですか？」

そう気遣いながら、彼女の持ってきた小説にサインをする。足を運んでくれたのは嬉しいけれど、自分の体調のことも少し気遣ってあげてほしいと思った。

「実は先日、妹に風邪をうつされまして……まだちょっと、頭が痛いんです……」

「そうだったんですか。それじゃあ、家でゆっくりと休んでくださいね」

そんな短い会話を交わして、彼女に小説を渡す。とても大事そうにサインをしたページを見つめて、嬉しそうに頬をゆるませていた。これまでの、誰よりも嬉しそうにしてくれているから、体調が悪くても足を運んでくれたお礼に、何かをしてあげたいと思った。そこでふと思いつき、「お名前、聞いてもいいですか？」と訊ねる。

彼女は「うれしの、まりか、といいます」と言って、その名前を指文字で机に書いた。嬉野、茉莉華。難しい漢字ばかりですよねと言って苦笑する彼女の小説を、もう一度預かる。それから先ほどのページを開いて、彼女の名前を下に書いた。ついでに、ありがとうございますと添えると、また嬉しそうに目を輝かせて「わぁ！　ありがとうございます！」とお礼を言った。

「嬉野さんは、大学生ですか？」

「いえ、社会人ですよ。高校を卒業してから就職して、もうかれこれ二年目になります」

ということは、この人は小鳥遊くんと同い年ということとなる。とても小説が好きそうな人だから、会うことがあればもしかすると馬が合うのかもしれないとぼんやり思った。その当の彼は、未だにこの場に現れないけれど。

「これからも、ずっと応援してます！」

最後にエールを貰って、嬉野茉莉華という女性は帰っていった。

それからも、何人ものファンにサインを書き続けたけれど、小鳥遊くんが目の前に現れてくれることはなかった。ついに最後尾の人の対応が終わった後、店員さんと柏木さんにお礼を言って、スマホで彼から連絡が来ていないかを確認した。すると数分前にメッセージが届いている通知が残っており、焦る気持ちを抱きながらすぐにタップする。

どうやら、この会場には来ていたようで、体調の悪そうな人を見つけてしまって、近くの喫茶店で看病しているみたいだった。心配は杞憂だったことに深く安堵して、彼のいる喫茶店へ向かおうする。けれどその矢先に、柏木さんに呼び止められた。

「名瀬先生、ちょっと」

　正直、今すぐに小鳥遊くんのもとへ向かいたい気持ちはあった。けれども仕事の会話を蔑ろにすることができなくて、はやる気持ちを押しとどめる。

「どうしました？」

「すぐに終わるから、こっちにおいで。見せておきたいものがあるんだ」

　そう言われて柏木さんに連れてこられたのは、文庫本が売られているコーナーだった。そこでは自分の小説が大々的に売られていて、手書きのポップまで用意されている。けれどこれは前にも一度見たため、新鮮さはそれほどなかった。しかし見せたかったものは別のもののようで、さらにその先の棚を見るようにうながされる。そこで、思わず息をのんだ。

「あっ……」

　そこのコーナーでは、今店舗で売れている文庫本が順位別に紹介されていた。その一番目に、私の書いた小説が置かれている。けれど柏木さんが見せたかったのは、それだけではないことがすぐに分かった。

「喪失した世界と、消失点にいる君。実は先日コミカライズが始まってね。数年前に出版した本だけど、文庫本の売り上げが伸びているんだ。先生には及ばないけれど、私の作品も二番目と、まずまずの結果を見せている」

その棚には私の小説の他に、先生の作品が並んでいた。それは自分が小説家を目指すきっかけをくれた作品で、すべての時間が動き出した特別な小説。そんな先生の小説の隣に、今は自分の小説が並んでいる。

「君の小説が、同じ棚に並ぶのを楽しみにしている。あの日、君に手紙を返した私は、そうなったらいいなとずっと思っていた。そんな私の個人的な思いを君は聞き届けて、ここまでやってきてくれた。私の方こそずっと、感謝の言葉を伝えたいと思っていたんだよ。だから、ありがとう。七瀬さん」

願わくば、これからも小説を書き続けて、多くの人を幸せにしてあげてほしい。そんなお願いをされて、断れるはずがなかった。「はい」とハッキリ頷いて、小説家を志す彼のことを頭の中で思い浮かべる。柏木さんがそうしてくれたように、自分も小鳥遊くんの扉が開くきっかけを与えられることができた。そんな事実だけで、小説家を続けてきてよかったと思える。

「ところで、この後誰かと待ち合わせしているんだろう? 引きとめてしまって、悪かったね」

「いえ、大丈夫です。こちらこそ、三作目の出版に携わってくださり、ありがとうございました」

深々と頭を下げ、あらためてお礼を言ってから、彼のもとへと向かう。その道中、エスカレーターに乗っている時、鼻の奥がツンとする感覚を覚える。けれど、不思議と涙は流れなかった。

少しだけ、大人になったのだという感覚が、心の中に芽生えていた。


駅前にある喫茶店の入り口をくぐり、店員さんに連れの人がいることを伝えて、店内をぐるぐる回って小鳥遊くんの姿を探した。彼は隅っこの席に座っていて、先にこちらに気が付いて手を振ってくれる。ほっと息を吐いた私は、しかし目の前に座っている人物が女性であることに気づいて、なぜか胸がざわついた。

近付くと、小鳥遊くんは申し訳なさそうな表情を浮かべる。

「すみません。結局行けなくて……」

「ううん、それはいいんだけど……」

彼の目の前に座る女性を心配して、「あの、大丈夫ですか？」と顔を覗き込んで体調をうかがう。彼女の顔をあらためて確認した時、思わず「あっ」という声が漏れる。

それは向こうも同じだったようで、私の姿を確認すると、体調の悪そうな表情で目を丸めていた。

「嬉野さん」

小鳥遊くんがここで看病をしていたのは、先ほどサインを書いた嬉野茉莉華という女性だった。こんな偶然があるなんて、数分前の私は夢にも思っていなかった。

「もしかして、先輩のお知り合いの方ですか？」

「いや、知り合いっていうか……」

正直にサイン会に来てくれた人だと伝えると、小鳥遊くんはすぐに理解してくれた。

嬉野さんの興奮していた姿はなりを潜め、驚きつつも私と彼とを交互に見つめていた。

「もしかして小鳥遊くんは、先生の恋人さん？」

そんな勘違いに、この人は何を言ってるんだという呆れた表情を浮かべる私とは対照的に、小鳥遊くんはなぜか顔を赤くさせながら「そ、そんなわけないじゃないですか」とハッキリ否定していた。確かに付き合っていないし、その言葉は正しいものではあるけれど、何もそんなに焦って言わなくてもいいじゃんと、複雑な気持ちを抱いた。

そんな反応を見せた彼に、嬉野さんはどこか納得したような表情を見せて、「そういうことか」と一人でつぶやいていた。どういうことだろう。

それからすぐに、どこか晴れ晴れとした表情を見せ、「とってもお似合いに見えたので、そういうことかと思いました」と言った。そんな言葉にも、彼は依然赤くなっていた。

嬉野さんはもっと二人と話したそうにしていたが、体調を心配して強引にタクシーに乗せた。

「また今度、三人でお話しできませんか？」

そんなお願いをする彼女に、私特に何も考えずに「いいよ」と返した。

「けれど、それはあなたの風邪が完治してからね」

「わかりました」

素直に引き下がった嬉野さんのことを、小鳥遊くんと一緒に見送る。そうして二人になってから、彼に目を細めて言った。

「絶対行くって言ってたのに、綺麗な女性と話してて良いご身分だね」

「えぇ。さっきは許してくれたじゃないですか」

「気が変わったの」

彼にそっぽを向いて歩き出す。その少し後ろを、小鳥遊くんはついてきた。

「アパート、そっちの方角じゃないですよ」

「駅まで車で来たの、見てなかった？」

歩くのが何となく億劫で、珍しく公共交通機関を使わずに車を使ってここまで来たのだ。

「それじゃあ、一緒に帰りませんか？」

「バスで帰ればー」

「一緒に帰りたいです」

自分の意思がハッキリしていることが珍しいと思い、いじめるのをやめて「わかったよ」と折れる。別に、わざわざ聞いてこなくても、ついてくれば何の疑問も抱かず一緒に帰るのに。彼はとても律儀な人だなと、あらためて思う。

それから夜の街を、私は遠回りをしながらドライブ感覚で運転していた。きっとアパートへ帰っても、彼は一緒に夕食を作って食べてくれることは分かっている。けれどまっすぐ帰らないのは、この時間が特別なもののように感じるからだ。

「嬉野さん、僕と同い年らしいですね」

「知ってる。サイン書いた時に聞いた」

「それじゃあ、誕生日も同じってことは知ってますか?」

それは知らない。素直にそう言って、そんな偶然あるんだなと思った。本当に二人は、どこか気が合っている。

「小説、たくさん読んでるみたいです。先輩の本も、何度も読んだみたいですよ」

「小鳥遊くんとは大違いだね。結局、三作目買ってないし」

意味もなく毒を吐いてみると、小鳥遊くんはとても申し訳なさそうに笑った。そうして名残惜しそうに「サイン会、行きたかったなぁ」とつぶやく。心の底から行きたいと思っていたくせに、見ず知らずの女性を助けることができるなんて、この人は本当に自分の心に誠実に生きている人だ。もしかすると、事前に彼に正体がバレていなかったら、結局サイン会で会うことは叶わなかったのかもしれない。

「そんな優しい小鳥遊くんに、今回だけ特別にサイン本を用意したよ」

そう言って、赤信号で停車しているときにカバンの中からサイン本を取り出して、彼に手渡した。その中には名瀬雪菜とサインが書かれていて、小鳥遊公生という名前と共に、いつもありがとうという感謝の気持ちを添えた。

嬉しそうな顔を見せる反面、申し訳なさそうな表情も浮かべる。

「ちゃんと買うつもりだったんですよ」

「最近、いつもいろいろ任せちゃってるから。これぐらい返さないと、そろそろ罰が当たりそうなんだよね」

「僕が好きでやってることだから、別にいいのに」

否定も反論も認めず、感謝の気持ちを彼に押し付けた。その押し付けられたものを、とても大事そうに両手で持って「ありがとうございます」とお礼を言った。

「ところで小鳥遊くんって、嬉野さんのことが好きなの？」

「えっ、なんでそうなるんですか」

「だって、めっちゃ顔赤くなってたし」

あの喫茶店での出来事を思い出したのか、彼は困ったように頬をかく。

「初対面の人、そんな簡単に好きになるわけないじゃないですか」

「どうかなぁ。嬉野さん、とっても綺麗だし」

「確かに、僕に好きな人がいなかったら、気になってたかもしれませんけど」

何げなくつぶやいたその言葉の先を、しかし訊ねることができなかった。聞いておいたくせに、とても複雑な気持ちになる。そりゃあ年頃の男の子だから、好きな人の一人や二人いるよなと変に納得した。

先ほどから、アパートへ帰りたくなくて近所をぐるぐると回っていたけれど、心が急激に冷えた私はようやくハンドルを切って目的地へと向かった。それを察したのか、小鳥遊くんは最後にある話を始める。

「この前、大学で講義があったんです。佐々木教授って、知ってますか?」

一年と二年の時に、何度かその教授の講義を受けたことのあったから「知ってるけど」と返す。佐々木教授の講義は挙手制ではなく指名制で、何度か当てられて鬱陶しかったのを今でも覚えている。

「佐々木教授のお子さん。亡くなったみたいなんです。あの、飛行機事故で」

「……そうなんだ」

「先輩のお知り合いの方のこともあって、他人事のように感じることができませんでした。それで、こんなことを訊ねて、先輩が傷付いてしまうのはわかってたんですけど、でもどうしても聞いておきたくて……」

〝先輩にとってその人は、特別な人だったんですか？〟

今までその話題に触れないでいてくれたのは、ずっと自分のことを気遣ってくれていたからなのだろう。それがありがたかったけれど、いつか本当のことを話さなきゃいけない日が来るのだろうなと理解していた。

その時彼が、どんな思いを抱くのか、私は想像することが怖かった。だからできることなら、このまま話さないでいられれば、どれだけ楽だっただろう。けれどそれは、やっぱり逃げだ。

だから私は、正直に話すことにした。

「彼には、恋人がいた。それでも彼は、私にとって大切な人だった。ずっと、一緒にいたいと思えるような、人だったんだよ」

その言葉を言い終わると同時に、私たちの暮らしているアパートの前についた。遠回しに真実を伝えてしまったから、きっとこれでこの曖昧な甘い関係性は終わりを迎えるんだと思った。今日からまた、一人。

逃げるように、先にドアに手を掛けた。そうしてドアノブを引く反対の方の手を、小鳥遊くんは握ってくる。

「こんなこと言ったら、先輩はとても困ると思うんですけど。言わずに後悔だけはしたくないので、少しだけ時間をください」

彼からどんな言葉が飛んでくるのか、想像することができなかった。おそらく良くない話に違いないという予想はできたから、今すぐ逃げ出してしまいたかった。けれど、それを彼は許してくれない。

私の手を掴んだまま、彼は言った。

「先輩のことが、好きなんです」

どこまでも続く、私の歩む長い道。扉は人の数だけ無限にあって、この先も幾重にも重なって連なり続ける。

これは、しあわせの扉を叩く少女の、果てしなく長い始まりの物語。

あとがき

まずは本編を手に取って頂き、誠にありがとうございます。当初の予定では一作でまとめる予定だったのですが、書き進めていくうちに追加したいエピソードが増えていき、このような形となりました。

実は一作目が発売した当初、もともと続編を書くつもりは全くなく、前作で完結のつもりでいました。けれども読者の方や知人の方の感想で、あまりにも奈雪が報われなさすぎるという意見が多く寄せられ、個人的にも彼女のスピンオフ的なものを書きたいと思っていたため、このような企画が実現されました。決して、上の人に書けと言われて渋々書いた、というわけではないのでご安心ください！一年ほど前から、現在担当してくださっている編集者さんとプロットの意見交換をしており、お話が固まったのは今年の二月ごろでした。本編を書き始め、紆余曲折がありながらもこうして発売に至れたのは、ひとえに応援してくださったファンの方と、作品に真摯に向き合い担当編集をしてくださった森上さまのおかげです。本当にありがとうございます。

さて、前作発売から三年の月日が経っているわけですが、初めて本シリーズを手に取った日から、皆様はどのように生活が変わりましたでしょうか？　もしかすると、つい最近前作を手に取った人もいるかもしれません。実は一作目はそんな遠い昔、まだ年号が変わる前の平成の世に発売されたのです。僕は当時大学四年生で、卒業と同時に就職のために実家を離れ一人暮らしを始めました。新卒で入社した会社はもう退職してしまったのですが、そこで出会った方と現在同棲生活をしており、いろいろ別れを経験しつつも、今は新しい土地で頑張っております。三年前には想像もしていなかった景色が目の前に広がっており、けれども失くしてしまったものも数多くありました。忙しさで手が回らずに、進んでいた小説の出版予定が白紙になってしまったこともあります。いろいろなものが変わらずにはいられなくて、時間は有限なのだと思い知らされるこの三年間でした。

それでもこうして細々と小説を書き続けらているのは、とても幸福なことです。

きっと皆様も多くの挫折や経験をして、今日というこの日を迎えられているのかと思います。辛く悲しいときに、寄り添えるような二作目に仕上がったと思いますので、どうか一作目と同様に大切にしていただけると光栄です。

三作目で、またお会いしましょう。本シリーズを応援してくださり、誠にありがとうございます。

小鳥居ほたる

この物語はフィクションです。実在の人物、団体等とは一切関係がありません。

小鳥居ほたる先生へのファンレターのあて先
〒104-0031　東京都中央区京橋1-3-1　八重洲口大栄ビル7F
スターツ出版（株）書籍編集部 気付
小鳥居ほたる先生

記憶喪失の君と、君だけを忘れてしまった僕。2
～夢を編む世界～

2021年8月28日　初版第1刷発行
2022年4月27日　　　第4刷発行

著　者　　小鳥居ほたる　

発 行 人　　菊地修一
デザイン　　カバー　徳重 甫＋ベイブリッジ・スタジオ
　　　　　　フォーマット　西村弘美
編　　集　　森上舞子
発 行 所　　スターツ出版株式会社
　　　　　　〒104-0031
　　　　　　東京都中央区京橋1-3-1　八重洲口大栄ビル7F
　　　　　　出版マーケティンググループ　TEL 03-6202-0386
　　　　　　（ご注文等に関するお問い合わせ）
　　　　　　URL　https://starts-pub.jp/
印 刷 所　　大日本印刷株式会社

Printed in Japan

ISBN　978-4-8137-1139-1　C0193

夢も目標も見失いかけていた大学3年の春、僕・小鳥遊公生の前に、華怜という少女が現れた。彼女は、自分の名前以外の記憶をすべて失っていた。何かに怯える華怜のことを心配し、記憶が戻るまでの間だけ自身の部屋へ住まわせることにするも、いつまでたっても華怜の家族は見つからない。次第に二人は惹かれあっていき、やがてずっと一緒にいたいと強く願うように。しかし彼女が失った記憶には、二人の関係を引き裂く、衝撃の真実が隠されていて──。全ての秘密が明かされるラストは絶対号泣！

イラスト／長乃

ISBN978-4-8137-0486-7